Angelika Overath

Unschärfen der Liebe

Angelika Overath

Unschärfen der Liebe

Roman

Luchterhand

Für Aaron Benedikt Wolf,
der Dinos Christianopoulos übersetzt,
mit einem Wink zu
Fabienne du Neckar

Parting is all we know of heaven,
And all we need of hell.

Emily Dickinson

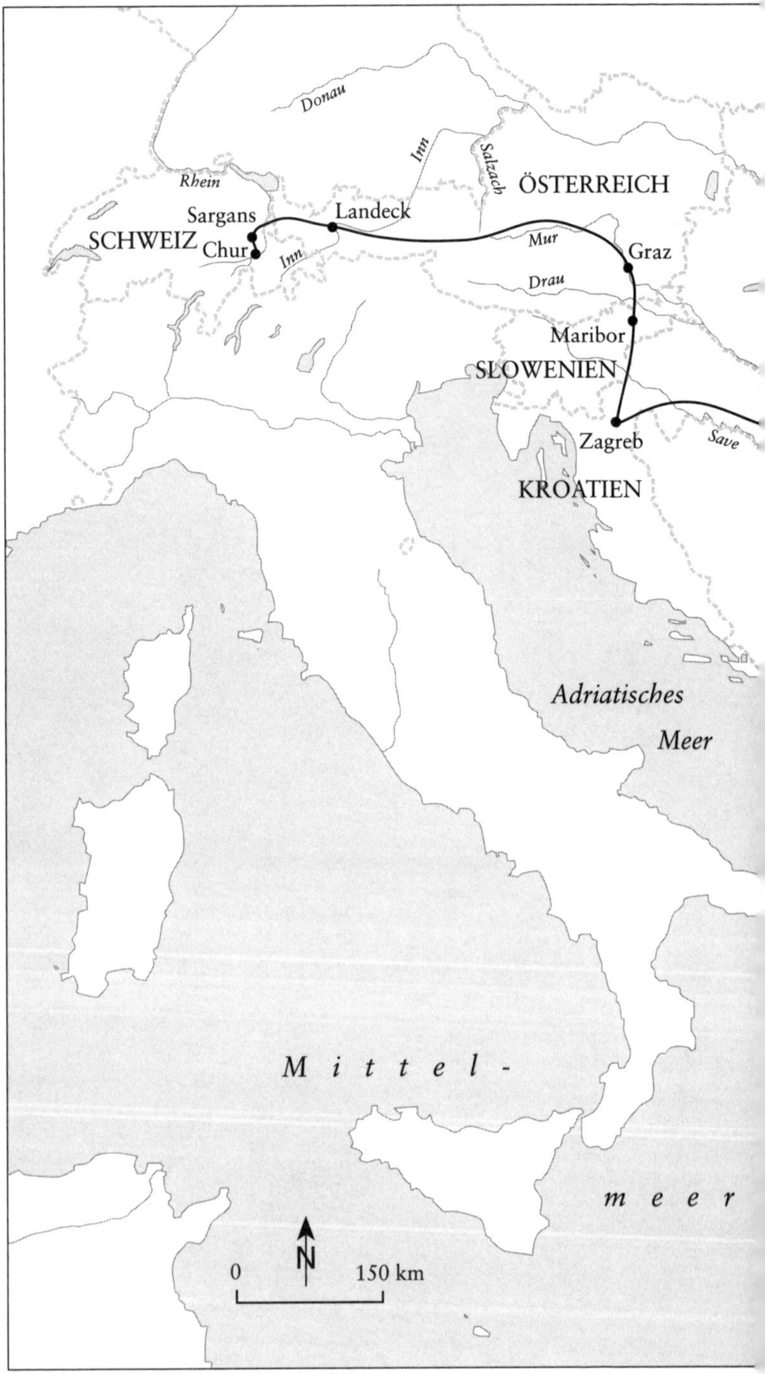
Donau
Inn
Salzach
Rhein
ÖSTERREICH
Sargans
Landeck
SCHWEIZ
Chur
Inn
Mur
Graz
Drau
Maribor
SLOWENIEN
Zagreb
Save
KROATIEN
Adriatisches
Meer
M i t t e l -
m e e r
N
0
150 km

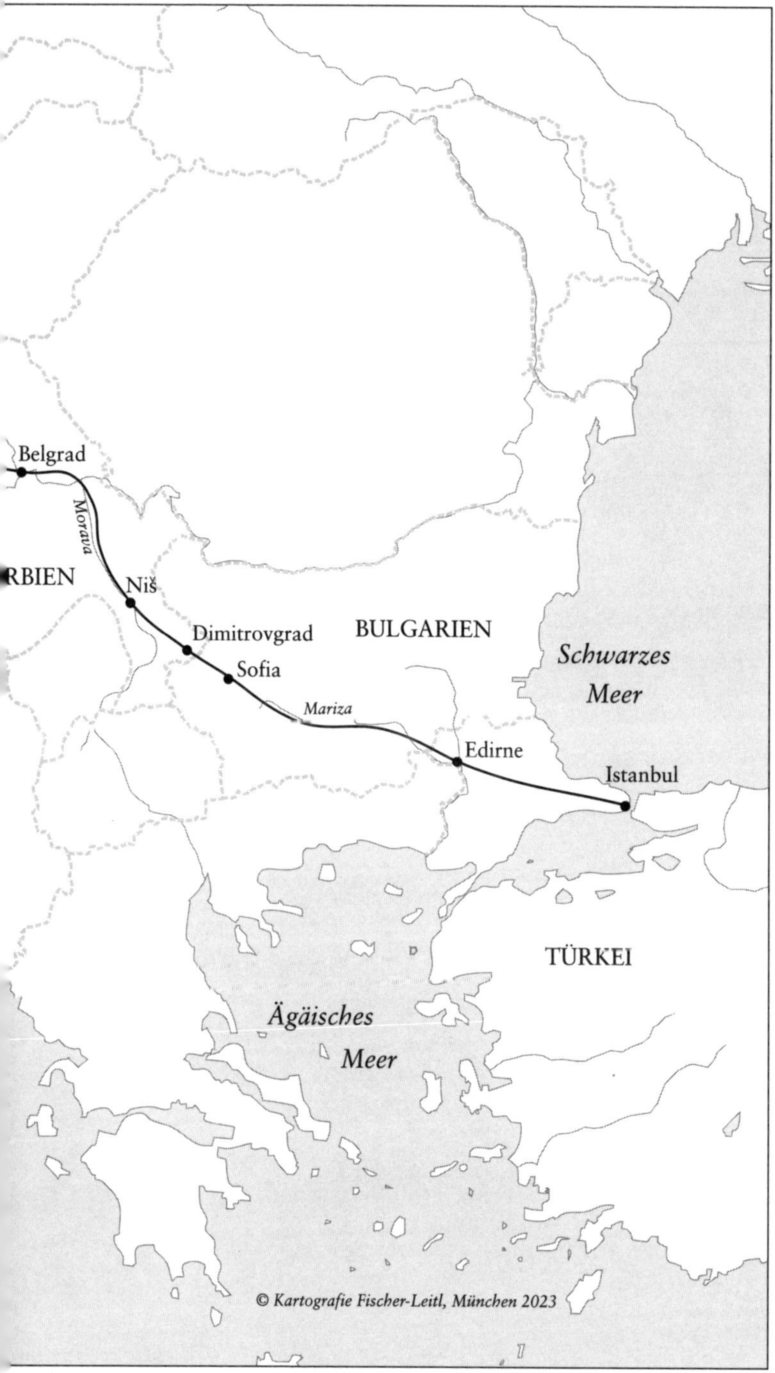
Belgrad
Morava
RBIEN
Niš
Dimitrovgrad
BULGARIEN
Sofia
Schwarzes
Meer
Mariza
Edirne
Istanbul
TÜRKEI
Ägäisches
Meer
© Kartografie Fischer-Leitl, München 2023

Inhalt

1. Chur – Sargans

Als Baran Anatol Chronas an einem Herbstmorgen in Chur einen Zweitklassewagen der Schweizerischen Bundesbahnen bestieg, wußte er, daß ihm keine gute Ankunft bevorstand. Und doch sollte er sich täuschen über das Ausmaß dessen, was ihn erwartete. Den abgenutzten Koffer, ein Erbstück seines griechischen Großvaters, schon auf Brusthöhe, zögerte er kurz und hob das Leder doch nicht in die Gepäckablage. Er setzte den Koffer wieder ab.

Durch das Fenster sah er Alva, die auf dem Bahnsteig stand und fröstelte.

In wenigen Minuten schon war er in Sargans. Von dort aus würde der Zug weiterfahren, den Walensee entlang, unter der Steilwand der Churfirsten, am Zürichsee vorbei bis Zürich. Er aber würde in Sargans umsteigen. Ab Sargans gab es eine Verbindung bis Graz. Der Zug überwand die Alpen. Die Gleise liefen wenige Kilometer durch Liechtenstein, dann querten sie Österreich, Vorarlberg, Tirol, Salzburger Land, Steiermark. Von Graz aus konnte er den direkten Anschluß über Slowenien nach Kroatien nehmen, bis Zagreb. Dann Serbien, Belgrad, Niš, weiter nach Bulgarien. Von Sofia bis Edirne, der einstigen Hauptstadt des Osmanischen Reichs an der türkisch-griechischen Grenze. Dann war er schon fast in Istanbul.

Er trat näher zum Fenster. Alva sah ihn an. Er hatte etwa 30 Stunden Reisezeit vor sich. Und als er den metallenen Hebel ergriff, mit dem sich das Fenster herunterschieben ließ, empfand er den Gedanken an die Stunden in Eisenbahnabteilen, die nun begannen und die ihn, ohne daß er viel entscheiden mußte, über Gleissysteme, eiserne Schienen, von einem Land ins nächste bringen würden, als einen besänftigenden Aufschub. Unterwegs war er noch nirgendwo und mußte niemand sein.

Das Fensterglas war schmutzig. Alva trug das Kind auf dem Arm. Wie nah sie war hier am Bahnsteig. Und schon weit weg.

Alva, hatte Cla gesagt, Alva heißt auf Rätoromanisch *weiß*. Aber das sei ein Zufall. Zwei Sprachen fielen in ihrem Eigensinn zusammen. Denn der Name Alva käme aus dem Schwedischen und bezeichnete dort einen Elfen oder eine Fee. Je nachdem, ob ein Mann oder eine Frau Alva hießen. Und Cla hatte ihn angesehen, seinen Kopf zwischen seine Hände genommen und gesagt: Alva gilt für beide Geschlechter, wie dein Name auch. Baran, hatte er gesagt, Regen. Und er hatte ihn geküßt. Seine Lippen waren kühl gewesen, und seine Hände auch.

Cla war bereits vor einer Woche abgereist. Er war jetzt sehr gefragt. Ein Schweizer Intellektueller in Istanbul. Der Kulturmäzen eines Byzanz-Projekts hatte ihn angerufen. Es sei wichtig. Und eile. Ein Flug für ihn könne sofort gebucht werden. Man mochte Cla und schätzte ihn. Fast drei Jahre lebte er jetzt schon in Istanbul. Mit ihm, Baran, einem griechisch-türkischen Nobody mit Gastarbeiter-Hintergrund, der im Ruhrgebiet zur Schule gegangen war. Natürlich sprach er gut Deutsch. Und doch wußte er, daß ihm immer wieder Formulierungen unterliefen, die für Cla, den promovierten Akademiker, befremdlich waren. Aber Cla war um seinetwillen gekommen. Er hatte seine Existenz als Schweizer Gymnasiallehrer mit ordentlichem Rentenanspruch aufgegeben und war aus dem Engadin zu ihm gezogen. Zu ihm, dem ersten Mann, den er liebte. An den Bosporus. Als er Cla gegenüber einmal aufgezählt hatte, was er alles so unternahm, um Geld zu verdienen, oder was er sich erlaubte, auch wenn es nicht viel einbrachte, hatte ihn der Gedanke erschreckt, daß Cla den Eindruck gewinnen könne, er lebe unsicher. Und daß er vielleicht in den Augen des Engadiner Lehrers ein Versager war. Denn schließlich tat er alles und nichts. Er dolmetschte bei Behörden, schrieb für andere, die es nicht so gut konnten, weil sie kaum in der Schule gewesen waren. Er verfaßte Liebesbriefe und Nachrufe, füllte Rentenpapiere aus und Versicherungspolicen. Er konnte Griechisch, Türkisch, wenn es sein mußte auch Englisch. Und eben Deutsch. Ein Deutsch aus den Düsseldorfer Gastarbeiterjahren seiner Eltern; dann das Deutsch aus Berlin, einige Semester hatte er Psychologie an der Humboldt-Universität studiert. Er kellnerte, hütete Kinder in einer Diplomatenfamilie in Bebek und kochte für sie, wenn das philippinische Mädchen einmal nicht da war.

Er hatte seine Lyrik-Projekte am Theater in Cihangir, übersetzte den berühmten Konstantinos Kavafis und den außerhalb Griechenlands kaum bekannten Dinos Christianopoulos ins Türkische. Er fuhr Taxi. Aber Cla, der solide Schweizer Lehrer, antwortete nur: Du kannst so vieles! So verschiedenes, Sachen, von denen ich keine Ahnung habe. Und dann hatte er hinzugefügt: Du traust dich, freier zu leben. Und er hatte seine Stirn gegen sein Schlüsselbein gelegt und kaum hörbar noch gesagt: Ich bewundere dich.

Als sie sich kennenlernten, damals in jenem Winter in Istanbul, schrieb Cla über Nikolaus von Kues, Cusanus. Der spekulative Universalgelehrte von der Mosel hatte im Winter 1437/38 den byzantinischen Kaiser und den Patriarchen auf Galeeren von Konstantinopel nach Italien begleitet. Zunächst nach Venedig, dann nach Ferrara auf ein Konzil, bei dem sich die Ostkirche und die Westkirche wieder vereinigen sollten. Um was hatten sie sich gestritten? Er begriff es immer noch nicht – *filioque*: und aus dem Sohn! Ging der Heilige Geist aus Gottvater hervor oder *auch aus dem Sohn*? Und Cla hatte von den Männern auf den Galeeren erzählt, von ihren Gesprächen, ihren Freundschaften, von den weißen Falken des Kaisers und von der Angst des Patriarchen, der immer fror. Und von der Schiffskatze. So eine Reise über die Meere war lang und gefährlich. Sie gerieten in Stürme, Piraten griffen sie an. Und Cla hatte ihm den Gedanken der *coincidentia oppositorum* erklärt. Das hatte ihm gefallen. Wenn Gott, so Cusanus, allmächtig war, dann mußte er alles sein können.

Das Größte und das Kleinste zugleich. In Gott fielen die Gegensätze zusammen. Sie hatten viel miteinander gesprochen, damals.

Und als Cla sich entschlossen hatte, ganz zu ihm nach Istanbul zu kommen, da hatte er ihm geholfen, in Istanbul zu beginnen. Mühsame Anfänge. Lähmende Tage in Schluchten von Gängen, die nach Linoleum und Wachs rochen. Stufen um Stufen in Treppenhäusern, die immer weiter stiegen, um Stempel für Papiere zu bekommen, die sie dann doch nicht brauchten. Sie bestachen. Sie zitierten Onkel und Cousins und Cousins von Onkeln. Sie telephonierten mit der Schweizer Botschaft. Endlosschleifen. Und schließlich hatte Cla eine Aufenthaltsgenehmigung und den Zettel, der es ihm erlaubte, Arbeit anzunehmen.

Heute war Cla in Istanbul der Schweizer, der im Goethe-Institut ein- und ausging, den man auf den einschlägigen Empfängen der Stadt sah. Und strahlend stand er mit einem Glas Wein in der Hand im Prunksaal des Deutschen Generalkonsulats unter dem lebensgroßen Ölbild von Wilhelm II., auf dem der Kaiser einen Fez trug und seine Freundschaft mit dem Schlächter Abdülhamid II. bekundete; zusammen tüftelten sie an der Idee der Bagdadbahn. Man war froh über Cla, den höflichen Theologen, der mit griechischen und lateinischen Quellen umgehen konnte, diesen Rätoromanen, der aussah wie ein Türke. Der rätoromanische Redewendungen zitierte und auch türkische. Diese zwar nur mit Mühe und kaum verständlich. Aber man mochte selbst das. Seinen tapferen, seinen aussichtslosen Willen zur Integration. Ich kenne das, hatte Cla gesagt, ich komme aus dem Engadin. Wenn da einer aus einem Dorf ins nächste heiratet, wird er dort niemals ganz dazugehören. Und er, Baran, war auf den Gedanken gekommen, daß er es aufgegeben hatte, sich irgendwo ganz integrieren zu wollen. Seine Heimat war das Fremdsein. Er sah das weniger pathetisch als sportlich.

Cla sollte also wieder übersetzen, einen Stab von Kunstkuratoren unterstützen, europäischen Geist (was immer das sein sollte!) versprühen. Und so war er eine Woche früher abgereist.

Baran sah, wie Alva das Kind kurz von ihrem Arm hinunter auf den Bahnsteig stellte. Sie versuchte nun, ihm ein Wollmützchen, das sie aus ihrem Rucksack genommen hatte, aufzusetzen und dann die Kapuze seines Anoraks darüberzuziehen. Es war windig. Das Kind wollte nicht recht, und so brauchte diese kleine Handlung Zeit.

Wenn er, Baran Anatol Chronas, der Türke, der Grieche, der Sohn von Gastarbeitern, der Mann in Clas Bett, es richtig verstanden hatte, ging es bei diesem Byzanz-Projekt um die Frage, ob es erlaubt sei, Gott darzustellen. Und zwar vergleichend, in den drei abrahamitischen Religionen, mit Schwerpunkt auf der griechisch-orthodoxen Kirche und dem Islam. An Alvas Küchentisch hatte Cla, Florinda auf dem Schoß, die einen Keks auf seine Brüchigkeit hin untersuchte und Krümel mit der Fingerspitze aufstupste, davon gesprochen: Durfte man sich ein Bildnis machen? Durfte man Gott zeigen? Und wenn nicht, dann wirklich gar nicht? Oder auf bestimmte Weise doch, in besonderen Büchern? Es gebe da schon erstaunliche Spiegelbilder in Bibeln, in Heiligenlegenden: Jesus, der Zimmermann, auf dem Esel am Palmsonntag. Mohammed, der Krieger, auf dem Pferd vor der Schlacht.

Zunehmend gab es Kultur- und Bildungsinitiativen, die Aufklärungsarbeit leisten wollten in der politisch vorangetriebenen Islamisierung des Landes. Und Cla bekam Arbeit. Er verstand, daß Cla meist zusagte. Es war eine willkommene Abwechslung zu seinem Unterricht am Gymnasium. Ein privates Elite-Institut, in den grünen Hügeln vor dem Schwarzen Meer, verborgen in einer Siedlung, die ebenso viele Swimmingpools wie Villen aufwies. Er hatte sich das einmal auf Google Maps angesehen, all die blauen Rechtecke im Grün, im Grau. An vier Tagen die Woche brachte Cla hier Kindern reicher Eltern etwas Deutsch bei.

Frühmorgens holte ihn ein Schulbus ab und brachte ihn abends wieder zurück. Er lebte mit seinen Schülern in einer Blase. Immerhin, so sagte Cla, sei das Essen gut. Und den einen oder anderen Schüler hatte er gern.

Florinda auf dem Bahnsteig wehrte sich gegen das Mützchen. Alva schien zu argumentieren. Aber lehnte das Kind das Mützchen wirklich ab oder sah es den Anfang eines Spiels, dem die Worte der Mutter Nahrung gaben?

Wie heute Alva ihn zum Bahnhof brachte, so hatte er vor einer Woche Cla zum Gleis begleitet. Er hatte Cla seinen Schal umgelegt und Cla hatte ihm den seinen gegeben. Schale tauschen, Gerüche, fast Haut. Es war ihr Ritual, wenn sie sich für eine Nacht und länger trennen mußten. Sie hatten sich kurz umarmt, und er hatte Cla ein wenig verstohlen unter seinem Schal, der nun Cla wärmen sollte, auf den Hals geküßt. Er hatte seinen Geruch eingesogen, der sich mit dem seinen mischte. Junge, sei brav, hatte Cla gelacht, und ihm durch das Haar gestrichen, genieße unsere schöne Schweiz! Und Baran hatte für einen Moment gedacht, daß Cla ihn an seinen Vater erinnerte, an die Brüder seines Vaters. Levantinisch mit dunklen Augen, kurzen schwarzen Locken, das Gesicht noch gebräunt vom Wandern unter der Bündner Sonne.

Er hatte dauernd auf die Uhr sehen müssen. Er war nervös gewesen, wie immer, wenn sie sich trennten. In anderthalb Stunden würde Cla am Zürcher Flughafen sein. Dort einchekken. Koffer, Laptop, Mantel in die Plastikschalen der Laufbänder. Sicherheitscheck. Paßkontrolle. Flugzeit bis Istanbul drei Stunden.

Er legte noch einmal seine Stirn auf Clas Mantelkragen. Er roch das Salz des Bosporus, den Diesel der Fähren. Er hörte die Möwen schreien.

Er hatte Cla nachgesehen, wie er die Trittbretter des Zuges nahm. Wie er gleich im ersten Waggon blieb. Hinter der Glastür. Seinen Koffer in die Gepäckablage hob. Zu ihm hinauslächelte. Beobachtet, wie Cla seinen Mantel auszog –

wie er seine Schultern dabei durchdrückte –, den Mantel an den Haken über der Bank hängte, sich setzte. Sich setzte an einen der Fensterplätze, deren Scheiben auf den Bahnsteig gingen.

Cla drehte sich leicht zu ihm um; er hob die Hand.

Baran hob die Hand.

Und als er wieder zu sich kam, stand er schon auf der Rolltreppe, die hinaufführte in die Churer Altstadt.

Er vermißte ihn.

Alva lächelte. Florinda sah ihn ernst an. Sie trug nun das Mützchen unter der Kapuze. Er nickte den beiden zu. Seine Hände umfaßten immer noch den Riegel, mit dem man das Schiebefenster öffnen konnte. Es mußte ein Ersatzwagen sein. In den neuen Zügen ließen sich die Fenster nicht mehr herunterschieben. Dort gab es nur noch die Klimaanlage. Florinda legte ihr Gesicht in Alvas Achsel wie in ein Nest.

Er flog nicht mehr. Gut, er sah auch die ökologischen Gründe. Aber zunehmend fühlte er sich fehl am Platz in den gläsernen Arealen der Flughäfen mit ihren numerierten und durch Buchstaben gekennzeichneten Gängen, den Laufbändern, die ihn wie Material beförderten. Ihn schwindelte in den Himmeln, in den Wolken, die über allen Ländern gleich aussahen. Er fürchtete diese tote Zeit, die ihn erinnerungslos machte. Wo war er, wenn er im Luftraum war? Ausgesetzt. Splitter eines rasenden Pfeils in Ruhe. Icharm in einer Geschwindigkeit, die sein Körper nicht verstand. Und so war er, wie ursprünglich geplant, länger geblieben. Um dann von Chur aus mit dem Zug nach Istanbul zu fahren.

Eine Woche hat sieben Tage.

Er sah Alva, die den Blick immer noch gegen die Glasscheibe richtete, hinter der er stand. Florinda auf ihrem Arm lehnte sich zurück, drehte sich ihm zu. Er zog an dem Griff. Aber das Fenster sperrte. Er verstärkte den Druck, setzte noch einmal an, dann ging es doch. Er war erleichtert über dieses Gelingen und winkte etwas verlegen hinaus. Florinda warf die Ärmchen in die Höhe und schwenkte sie auf einmal in einer wilden Heiterkeit, als wolle sie den Augenblick seines Fortgehens auswischen. Wie groß sie schon war. Ein Mädchen von zwei Jahren, das begonnen hatte zu sprechen.

Geht jetzt, sagte er, schau, die Kleine! Alva nickte.

– Gute Reise, Baran! Sie zögerte. Ihr Blick stand wieder still. Melde dich zwischendrin! Ihre Wangen hatten diesen Glanz, den sie haben konnten, wenn sie erregt war. Granatapfelblüten, dachte Baran. Im Türkischen war das eine Farbe.

– Paß auf dich auf! Sie umschloß das Kind enger.

Er nickte lachend, was sollte ihm schon geschehen im Zug!

Er sah, daß ihr kalt war.

Seine Hände lagen jetzt mit den Unterarmen auf der Kante des Fenstermetalls. Alva stand auf dem Bahnsteig, etwas tiefer als er. Sie war schmal, knabenhaft. Selbst noch ein Kind; er erschrak, als er das dachte.

Zwischen Bahnsteigdach und den Gleisen floß ein trübes Licht. Gerade noch war Sommer gewesen. Mit Apfelbäumen, deren Gezweig bis hinunter auf die Wiesen reichte, und der Heiterkeit von Sonnenblumen in den Bauerngärten. Solche hinter Zäunen kultivierte und gebändigte Fülle kannte Baran aus Istanbul nicht.

Jetzt roch es nach Herbst. Rochen Bahnsteige nicht immer nach Herbst? Feucht und metallisch? Baran faßte die Schiene des heruntergeschobenen Fensters fester.

Alva kam näher ans Glas, sie ging auf die Zehenspitzen, und er gab ihr noch einmal die Hand. Und als er auch kurz nach einem Händchen des Kindes greifen wollte, erwischte er nur den Ärmel des Anoraks. Florinda kreischte auf, als begänne nun ein Fangspiel. Instinktiv ließ er los.

– Macht's gut, ihr zwei! Danke für alles. Sicher, ich melde mich.

Alva nickte. Gute Reise, Baran, gute Reise.

Er haßte Abschiede. Sie gelangen ihm nie. Immer blieb das Gefühl eines Versagens zurück. Und diesmal besonders. Er sah noch die wehenden Haarsträhnen in Alvas Gesicht, als sie sich umdrehte mit dem Kind, und wie sie ihr Gesicht an das Kind schmiegte, gleichsam ihren Kopf in seinen weichen Körper legte, als solle es nun sie bergen. Wie sie in Richtung

Unterführung davonlief und, ohne sich noch einmal umzusehen, schon auf den Stufen verschwunden war.

Er schob das Fenster hinauf. Er setzte sich. Das Abteil war fast leer. Die frühen Morgenstunden waren vorbei, in denen Schüler im Pulk oder Angestellte einsam in den Reihen von ihresgleichen unterwegs waren. Und als der Zug nun langsam anfuhr, empfand er für einen Moment eine unerwartete Erleichterung.

Er hörte das Doppel-Klopfen der Räder auf den Schienen: vor-bei, vor-bei, vor-bei. Er bog den Kopf zurück gegen die Lehne und schloß die Augen. Der Zug beschleunigte: vorbei, vorbei, vorbei. Er machte die Augen auf.

Ihm schräg gegenüber, jenseits des Gangs, eine Vierer-Sitzgruppe weiter, saß eine grauhaarige Frau. Ihre Dauerwelle lag so unauffällig wie perfekt. Mit beiden Händen hielt sie den Bügel einer Tasche aus Lederimitat auf dem Schoß. Die Knie unter ihrem karierten Mantel geschlossen, die Füße in den Schnürschuhen eng nebeneinandergestellt, als wolle sie ihre Gestalt in Ordnung halten für die Reise, aufgeräumt in sich selbst. Mit einem Kopftuch würde er sie in eine Istanbuler Metro übernehmen können. Er sah auf ihre Knöchel. Hautfarbene Stützstrümpfe. Die Frau hatte ihren Kopf gegen das Fenster gerichtet. Ob sie allein lebte?

Die Räder schlugen gegen die Gleise. Der Zweiertakt beschleunigte weiter.

Ja, sie lebte allein. Morgens trank sie einen Milchkaffee an ihrem Küchentisch, Resopalplatte, Blick in einen Garten.

Baran wollte ihr einen Garten geben. Mit einer Regentonne, in der sich die Wolken und die Zweige eines Pflaumenbaums spiegelten, und die Rosen waren schon geschnitten. Standen die letzten nicht in der Stube auf einem niedrigen Beistelltisch, rosa, gelb, weiß, mit den Photographien der Kinder, der Enkel, des verstorbenen Mannes?

Sie sah in den wohlversorgten Garten. Die sauber gesiebte Erde des Komposts war auf den Beeten verteilt. Ihren Rosenstöcken hatte sie gelagerten Pferdemist gegeben.

Sie nahm ein Brot aus ihrer Tasche. Sie schlug die Serviette, in die es eingewickelt war, zur Hälfte nach unten. Nun biß sie von einem Stück Käse ab. Die Seitenrinden hatte sie heute morgen mit einem Küchenmesser weggeschnitten. Frischer Alpkäse, den ihr die Schwester vorbeigebracht hatte. Die Kühe waren jetzt wieder auf tieferen Matten. Ja, sie hatte eine Schwester, verwitwet wie sie. Nun, wie in Kindertagen, wieder die sichere Vertraute.

Baran richtete sich ein wenig auf. Er saß weit genug entfernt von ihr, um ihr ruhig zusehen zu können.

Alpkäse aß man nicht in dünnen Scheiben. Alpkäse mußte man mit den Zähnen spüren. Sorgsam wegbeißen von einem dicken Stück. Damit sich das Aroma – Geschmack, sagten die Schweizer und meinten mit diesem Wort Geruch und Geschmack – im ganzen Mund verteilte. Immer wieder hatte Baran darauf geachtet, wie die Schweizer ihren Käse aßen. Sie konnten ihn kauend kosten, als hätten sie die Kuh, die die Milch dafür gab, eigenhändig gemolken. Solches Stolzsein in

Ruhe hatte ihn fasziniert. Schweizer, so kam es ihm vor, sahen auch zu ihren Bergen, als hätten sie sie geschnitzt. Und sie hüteten ihre Landschaft. Waren Türken stolz auf das Weiße Meer, das Schwarze Meer? Ein Meer kann man nicht schnitzen, es kommt und geht. Und er dachte an den Müll der Strände.

Ein Fries von Hochhäusern und Häuschen mit Ziegeldächern floß vorbei.

Und was bedeutete es, wenn es im Schweizerdeutsch kein Wort für Geruch gab? Alle anderen Sprachen, die er kannte, unterschieden Geruch und Geschmack. Man unterschied ja auch die Nase und die Zunge als verschiedene Organe.

Und er roch Cla, und er schmeckte ihn.

Ein Grün von Wiesen jetzt. Höfe. Wiesen. Höfe. Auf manchem Geviert Pferde. Misthaufen hinter Verschlägen. Wie in den Gärten erschien das Ländliche in einem Zustand der Zähmung. Doch von oben antwortete zerklüftete Härte, Bergzüge mit Steilhängen; in ihren Höhen waren sie weiß vom frühen Schnee. Baran sah hinauf, als wären Wege zu erkennen.

Vorsteigermoral, hatte Alva gesagt. Man brauche Vorsteigermoral. Er hatte nicht verstanden. Alva war Alpinistin. Oft ging sie mit Freundinnen klettern. Und die, die vorsteige, habe eben das größere Risiko. Sie muß die Expreßschlingen in die Zwischenhaken einhängen. Und dann in den unteren Karabiner der Expreßschlinge das Seil. Wenn die Vorsteigerin stürze, stürze sie ab. Jedenfalls weit tiefer als die Nachsteigerin, die ja am straff gezogenen Seil klettere. Bei einem Sturz falle sie nur so weit, wie das Seil sich dehne. Man klettere deshalb meist im Überschlag, eine Seillänge steige die eine vor, die nächste die andere.

– Dann ändere man mit jeder Seillänge die Moral?

Alva hatte aufgelacht und ihn kurz angesehen.

Nur wenn eine Kletterin sehr viel schwächer sei als die andere, dann steige die stärkere immer vor. Das sei anstrengend.

Und warum eine starke Kletterin mit einer viel schwächeren in die Wand ginge?

Alva hatte ihr Messer in das Glas Quittengelee getaucht und die halbflüssige Masse langsam auf ihrem Brot verteilt.

– Wenn man sich eben gern hat.

– Und man kann auch zu dritt klettern?

– Ja. Schon. Über der Butter glänzte nun eine transparente Schicht Gelee. Sie hob das Brot zum Mund und biß hinein. Sie kaute. Nahm einen Schluck Kaffee: Dann ist es aber immer derselbe, der vorsteigt. Er führt ein Doppelseil mit zwei Seilsträngen, an jedem Strang ist ein Nachsteiger eingebunden. Der Vorsteiger steigt bis zu einem Standplatz und sichert erst den ersten Nachsteiger und, im Abstand von fünf bis zehn Metern, den zweiten. Damit der obere, falls er abstürzt, nicht in den unteren fällt.

Sie hielt kurz inne.

– Zu dritt braucht es einfach eine besondere Sicherungstechnik.

Die Morgensonne schien zum Küchenfenster herein auf ihre Hand. Durch das Gelee hindurch glänzte die weiße Butter wie ein Gletscherfeld. Quitten und Schnee, hatte er gedacht. Das war Alva, Quitten und Schnee. Und dann fiel ihm ein, daß Butter im Schweizerdeutsch auch *Anke* heißen konnte, *der Anke*. Alva, Anke, Anker. Ja, vielleicht war sie auch ein Anker. Lebenssicher. Mit Vorsteigermoral. War sie das?

Links von ihm nun der Alpenrhein, ein flacher Fluß in einem breiten, von Kieseln gesäumten Bett, Schwemmholz, knochenbleich. Darüber die vertrauten Höhenzüge in einer mit der Bewegung des Zugs sich ändernden Perspektive. Er hatte dieses Bergmassiv von Alvas Dachgeschoßwohnung aus gesehen. Nur deshalb wußte er seinen Namen. Wie heißt dieser Berg, hatte er gefragt.

Und dann hatte er auch verstanden, daß das Bier, das sie hier tranken, nach dem Berg hieß: Calanda. Und als Cla nun nach dem türkischen Efes-Bier fragte, da hatte Baran es den beiden nicht sagen können, woher dieser Name kam. Aber noch am Abend hatte er bei einem Calanda-Bier im Netz recherchiert. Tatsächlich: Ephesos!

Der Name kam von der Stadt in Ionien, einer der ältesten Städte Kleinasiens. Und er war hin- und hergesprungen auf verschiedenen Seiten und hatte gelesen, daß bei Ephesos das *Haus der Maria* stand, in dem die Mutter Gottes eine Weile mit dem Apostel Johannes gelebt haben soll. Bevor sie dort starb. Wie die beiden wohl wirtschafteten? Zwischen Zisterne und Kaminfeuer, unter Feigenbäumen. Es roch nach wilder Minze, nach Thymian. Jagte Johannes für Maria Hasen? Hielten sie Vieh? Er sah die Mutter Jesu, wie sie über einem Trog eine graue Tunika aus Leinen wusch. Eine zweite aus Wolle hing schon zum Trocknen.

Historisch belegt war der Ort als Wohn- oder Sterbeort Marias nicht. Aber ein romantischer deutscher Dichter – ausgerechnet! – hatte ihn zu einem Pilgerort für Christen und Muslime gemacht. Cla kannte natürlich auch diese Geschichte. Jahrelang sei Clemens Brentano im Münsterland am Krankenbett der Mystikerin Anna Katharina Emmerick gesessen und habe die Augustiner-Nonne nach ihren Visionen befragt. Seine Notizen versah er mit eigenen Ideen und veröffentlichte die Texte in verschiedenen Büchern. Eines handelte vom Marienleben. Es wurde ins Französische übersetzt. Daraufhin begannen Ende des 19. Jahrhunderts französische Geistliche, nach dem sehr genau beschriebenen Haus bei Ephesos zu suchen. Sie hatten gelesen, es habe einen Blick auf die Ägäis. Die Ruinen, die sie fanden, Reste eines byzantinischen Kirchleins, Mauern von Wohntrakten, reichten ihnen, um zu glauben, daß sie an der richtigen Stelle waren. Weitere Expeditionen folgten. Man restaurierte. Und bald reisten Christen und Muslime an, um hier Maria, Maryam, zu verehren. Für muslimische Frauen und für Arme galt eine Fahrt nach Ephesos bald so viel wie eine Pilgerreise nach Mekka.

Er liebte Pilgerstätten, auf deren Boden sich verschiedene Religionen begegneten. Und Heilige, die sich mischten, weil unter demselben Namen verschiedene Legenden erzählt wurden. Und wenn ihm etwas an Flughäfen gefiel, dann waren das die Räume der Stille, die für Menschen jeden Glaubens bereitstanden, und in die auch jene gehen durften, deren Glauben nicht so sicher war. Daß ein Mensch an gar nichts glaubte, schien Baran Anatol Chronas unwahrscheinlich, ja letztlich unmöglich. Man konnte doch an den Freund glauben! Oder an den Briefträger. Und wenn da niemand war, reichte auch eine Stadt, ein Meer, ja natürlich, am liebsten eine Stadt am Meer mit einem Poste restante-Schalter. Thessaloniki, dachte Baran. Oder ein Gebirgszug, ein Garten, ein Hund oder Hühner, die man bei ihren Namen rief. Oder der Altar eines Küchentischs, an dem man eine Weile bleiben durfte. Mit einer Tulpenteetasse oder einem Calanda-Bier. Mit dem Duft von Quitten auf der Fensterbank.

Mit dem Duft von Quitten. Dieses Süße zwischen Pfirsich und Limone, ein Geruch, der aus dem Bitteren das Milde von Rosen entließ. Tröstend. Erregend wie der Flaum auf einer Knabenwange. Kardamyli, damals. Griechische Kindertage bei der Großmutter in der Mani.

Wie alles durcheinanderging. Wie alles gleichzeitig da war und verschwand mit dem Band der Bilder vor dem Glas. Vorbei. Wiesen, Berghänge. Der Zug fuhr weiter. Und er fiel zurück.

Kardamyli. Sie saßen auf den Stufen am Geschlechterturm. Es war gegen Abend. Sie waren barfuß und spielten mit den Zehen im Sand. Der Sand war warm. Aber auf den Bergen wartete schon die erste Kühle der Nacht. Vielleicht begannen sie zu frösteln. Sie rückten näher aneinander. Jeder von ihnen hatte ein kleines Schälchen aus gepreßtem Glas vor sich. Es war gefüllt mit gebackenen Quitten.

Am Nachmittag hatten sie der Großmutter geholfen, die Früchte mit einem Leinenläppchen abzuwischen, bis der Pelz verschwand und sie gelb glänzten wie frisch geölt. Und sie waren stolz gewesen, daß ihnen die Großmutter, die *Giagia*, ein scharfes Messerchen mit Holzgriff gegeben hatte, dazu ein Eichenholzbrettchen, auf dem sie die Früchte vierteilen durften und entkernen. Die Großmutter schichtete die Stücke auf ein Blech. Sie legte einige Kerngehäuse dazwischen. Damit es geliert, sagte sie. Nicht essen, sagte sie! Die Kerne seien giftig. Er hatte damals wohl zum ersten Mal das Wort *Ydrokyanio*, Blausäure, gehört und gelernt, daß das Gute und das Giftige so nah beieinanderliegen können. Ja, daß das Gute manchmal das Giftige für das Gelingen braucht.

Die Großmutter übergoß die Quittenschnitze mit etwas Wasser, bis der Boden gerade bedeckt war. Dann streute sie eine Tasse Zucker darüber, einen Teelöffel Gewürznelken. Sie steckte Zimtstangen dazwischen. Zerschnitt eine Zitrone, drückte die Hälften in kreisenden Bewegungen über dem Blech aus. Sie öffnete die Eisentür des Küchenofens – von hinten züngelten die Flammen – und schob das Blech hinein.

Am frühen Abend, das Glasschälchen mit den gebackenen Quitten in der Hand, legte er den Kopf auf die Schulter des Cousins, und die Partie seiner Wange auf dem Weg zum Ohr wurde eins mit dem Geruch von Quitten und der rauhen Schale der Frucht.

– Schau dort, die Schwalben! Sie sammeln sich, sie ziehen nach Afrika!

– Es sind junge Möwen. Sie bleiben.

In Istanbul hatte er für Cla Quitten gebacken, in einem runden Aluminiumblech. Mit Mandelsplittern. Und er servierte sie noch warm in der Variante, die er aus Thessaloniki kannte, mit Zimtsahne und Vanille-Eis. Und einmal, es war in ihrer frühen Zeit, begann Cla mit dem Dessertlöffelchen zu spielen und nach und nach von Alva zu erzählen. Wie er sie besuchte damals in Chur in einem alten Haus mit verwildertem Garten. Und in diesem Garten stand ein uralter Quittenbaum, und die Hausbesitzer waren froh, wenn die Mieter sich Quitten nahmen. Alva habe Quittengelee gekocht, Quittenmarmelade, und gegen Weihnachten hin machte sie Quittenbrot. Sie strich eingedicktes, mit Zucker versetztes Quittenmus auf ein Blech, buk es bei schwacher Hitze lange, damit die Konsistenz dichter und der Geschmack intensiver wurde. Sie ließ die Masse erkalten und schnitt sie dann mit einem scharfen Messer zu kleinen Rauten. In Tütchen aus Zellophan, die sie mit einem Wollfaden zuband, verschenkte sie ihr Quittenbrot im Advent. Es sei ein ganz besonderer Geruch gewesen. In Alvas Wohnung habe es von Spätsommer bis Frühling nach Quitten gerochen.

Und dann sprach Cla von diesem Dachfenster. Vom Regen, der auf das Dach trommelte, der auf das sehr große, schräge Dachfenster trommelte, unter dem ihr Bett stand. Man lag im Bett und sah hinauf zum Fenster direkt in die Wolken, die vorbeizogen. Manchmal zeigte sich der Mond. Und mit der Nacht kamen die Sterne. Und dann konnte es sein, daß es aus den Sternen regnete.

Cla hatte das damals sehr genau erzählt.

Landquart. Der Zug hielt. Die Frau mit den Dauerwellen, nun sah er, daß sie einen bläulichen Schimmer hatten, war aufgestanden. Sie ging langsam zur Schiebetür, die sie mit einem Ruck öffnete und sorgsam hinter sich wieder zuzog. Sie führte ihre Bewegungen sehr bewußt aus, als sei hier jeden Moment etwas falsch zu machen. Und doch schien sie sicher, sie kannte diesen Zug, diesen alten Waggon, die tiefen Stufen beim Ausstieg hinunter zum Bahnsteig.

In Landquart waren sie umgestiegen, wenn sie während ihrer Besuche bei Alva in Chur einmal hinein ins Unterengadin wollten. Es gab auch direkte Züge von Chur aus, gemütliche Züge, die an jedem Schrebergarten hielten. Aber oft waren sie zu spät dran, weil Alva die Sonnenbrille, Cla den Schal, er die Zigaretten oder Florinda ihren Bären vergessen hatte und man umkehren mußte und dann gerade noch den Schnellzug erreichte, der in Landquart Anschluß hatte an die Rhätische Bahn. Der Schnellzug von Chur fuhr auf Schienen mit Normalbreite mehr oder minder parallel zu den Gleisen der Rhätischen Bahn, die eine Schmalspurbahn war. Sie führte ab Landquart durchs Prättigau bis nach Klosters, dann durch den Vereina-Tunnel hindurch und stieß bei Sagliains unvermittelt ins Engadin. Lichtschock, blauer Himmel, Schneegipfel, Felsen, das schräge Grün von Lärchen, die sich hier irgendwie am Gestein festklammerten; und unten schäumte in Kristallen der Inn. Baran hatte eine solche Landschaft nicht für möglich gehalten.

In Landquart war es immer kalt gewesen. Der Bahnhof lag in einem Windkanal, in dem die Luftströme vom Churer Rheintal mit denen aus der Felsenpforte des Prättigau zusammenkamen. Auch eine kleine Wartezeit war hier eisig. Die Rhätische Bahn brachte sie dann in anderthalb Stunden bis zur Endstation Scuol-Tarasp. Dort nahmen sie den Bus.

Sie waren in das Dorf Ramosch gefahren, zum Haus von Clas verstorbener Mutter. Bevor Cla für seine Cusanus-Studien nach Istanbul kam, hatte er seine Mutter begraben im Engadin. Man habe sie, wie es Sitte war, in der Arvenstube ihres Hauses aufgebahrt. Draußen habe es geschneit. Als der Trauerzug durchs Dorf schritt, mit dem Sarg, den ein Pferd zog – und ein Gemeindearbeiter mit schwarzem Zylinder führte das Pferd –, seien die Alpendohlen auf den Spitzen der Gartenzaunlatten gesessen, ihr Trauerspalier.

Einmal war Cla mitten in der Nacht aufgeschreckt. Ich bin der Sohn einer Toten, hatte er gerufen. Dann stand er auf, ging in die Küche, trank Wasser aus dem Hahn. Als er wieder zu ihm ins Bett kam, waren seine Hände kalt, als hätte er gerade in Schnee gegriffen. Und er schmiegte sich an ihn, in seinem Unterhemd, und wärmte sich an seinem nackten

Rücken. Und er hörte, wie Clas Atem den seinen aufnahm und wie er dann bald wieder eingeschlafen war.

Waren Männer zärtlicher, wenn sie eine zärtliche Mutter hatten? Clas Mutter kam aus dem Kölner Rheinland, sie war katholisch. Aus Liebe hatte die Kindergärtnerin einen reformierten Engadiner, einen Primarlehrer, geheiratet. Die beiden, erzählte Cla, hatten sich auf der Georgy-Hütte oberhalb von Pontresina kennengelernt. Und sie war zu ihm in sein abgelegenes Hochtal am Inn gekommen. Sie war früh Witwe geworden und hatte Cla, ihr einziges Kind, allein großgezogen, in einem Dorf zwischen Bauernfamilien, Handwerkern. So war Cla zum Mann an ihrer Seite geworden. Wegen des Studiums ging er eine Weile nach Köln, später nach Zürich. Aber schließlich kam er als Lehrer zurück ins Tal und blieb in ihrer Nähe. Unter seinen Kollegen galt er schon als Altlediger. Und sie verstanden nicht, warum er die junge Alva aus Chur, Sport- und Romanischlehrerin, nicht endlich heiratete. Cla hatte ihm das erzählt in einem Teegarten in Moda, von wo sie hinunter auf das Marmarameer sahen, das im Abendlicht pulsierte.

Nach dem Tod der Mutter, Cla lebte schon bei ihm in Istanbul, verkaufte er ihr Haus; die neuen Besitzer renovierten es. Cla, der lange hier gewohnt und dann über Jahre die Mutter besucht hatte, wollte es sehen. Er freute sich, als im Garten Hühner pickten. Seine Mutter habe immer Hühner gehabt, die sie einzeln bei ihren Namen rief, Agata, Dafne, Perla,

Naivetta. Und so schien es Cla wohl, sie sei noch ein wenig da in ihrem Haus, in dem jetzt das junge Paar lebte. Der Mann war Gärtner, die Frau Musiklehrerin. Die beiden standen inmitten der Hühner. Die Frau hatte ihre geöffneten Hände auf ihren Bauch gelegt. Auf ihrem Pullover waren große Mohnblüten gestickt, so daß auch die Hände wie Blüten wirkten. Sie war schwanger mit dem ersten Kind. Es war Cla wichtig gewesen, das Haus an Menschen zu verkaufen, die im Tal leben wollten. Wie soll es in den Dörfern noch eine Gemeinschaft geben – er hatte einen Satz auf Romanisch gesagt, *quai es la mort per la cumünanza*, das ist der Tod der Gemeinschaft –, wenn die Häuser nur noch vorübergehend bewohnt sind, oft mit wechselnden Feriengästen. Und Baran hatte überlegt, ob *cumünanza*, Gemeinschaft, in etwa das sei, was in Istanbul eine *Mahalle* war, eine Nachbarschaft, das Wohnviertel, zu dem man gehörte. Eine freiere Familie.

Sie waren wandern gegangen, abwechselnd das Kind tragend, umgebunden in einem Tuch. Einmal, von einem kleinen Inn-Weiler aus, weit in das Tal eines Nebenflusses hinein, über viele Brücken, einmal rechts, einmal links des Flusses, der seine Farbe, sein Rauschen änderte im Licht- und Schattenwechsel der Bäume. Später kam der Anstieg durch Galerien, die einmal in den Fels hineingesprengt worden waren. Ein alter Schmugglerpfad nach Italien. Er konnte – eine Hand am Laufseil aus Stahl (während Alva und Cla plaudernd ihre Schritte unbeschwert setzten) – nicht anders als an den Tod denken: der Fluß jetzt ein kaum auszumachender Streifen in einer tiefsten Tiefe unter ihm. Und gegenüber senkrecht ansteigend Felswände, die in die Wolken reichten.

Ein einziger Schritt würde genügt haben.

Schließlich erreichten sie eine Hochebene mit flachen, von Blumenwiesen begrenzten Moorteichen und liefen, angstfrei nun auch er, in Richtung einer Hütte, die schon in Italien lag.

Sie setzten das Kind auf einen Grasteppich und sich zu ihm. Die Blumen wehten im Wind. Winzige Enziane in stechendem Blau.

Sie gehörten zusammen.

Der Zug fuhr wieder an. Baran sah nach seinem Koffer. Gleich würde er aussteigen müssen.

Die Brücke über die Landquart. Die Felsenpforte ins Prättigau öffnete sich. Hier bog die Rhätische Bahn ab in Richtung Klosters, in Richtung Engadin. Doch sein Zug fuhr weiter auf normaler Schienenbreite. Er konnte nicht zurück.

Der Schmelz von Flußauen, Kühe als Flecken auf den Wiesen. Pappeln, Birken, Weinberge, die kleinen Weiler der Bündner Herrschaft, Malans, Jenins. Dort waren sie auf einer Terrasse über den Reben gesessen. Vater, Mutter, Kind. Und Bruder? Wer war wer? *Mater semper certa est.* Sonst ein Vexierbild. Florinda glich weder Cla noch ihm. Sie sah Alva ähnlich. Und dem Konstantin aus seinem Bilderbuch. Ja, mit Florinda kam ein frühes Versprechen wieder, die gemalte Welt Konstantin des Großen.

Einmal, in der Küche in Moda, die auch in der neuen Wohnung eine blaue Küche war, hatte er mit Cla über das alte handkolorierte Bilderbuch gesprochen. Bei offenem Fenster, sie hatten geraucht und in die Möwen geschaut und ein wenig Weißwein getrunken, und er war zurückgefallen nach Giresun ans Schwarze Meer, zur türkischen Großmutter, bei der er die ersten Kinderjahre verbracht hatte, während seine Eltern in Düsseldorf am Fließband in einer Gummifabrik arbeiteten.

Nun die Brücke über den jungen Rhein, das Wasser gletscherblau. Und immer der Rhythmus der Berge weiter in den Himmel geschrieben. Diese Berge tönten alles, selbst in der Ebene. Berglichter, Bergschatten, Silber, Grau, Anthrazit, rötliches Sandbeige auch, das die angrenzende Felsenhärte nur härter erscheinen ließ. Der Zug fuhr am Bahnhof von Bad Ragaz vorbei.

Baran nahm seinen Koffer. Der nächste Halt war Sargans.

2. Sargans – Landeck

Das Zugrestaurant war leer. Er wählte einen Tisch in der Mitte des weiß eingedeckten Waggons.

Er hatte wenige Minuten zum Umsteigen gehabt. Für einen Kaffee hatte es nicht gereicht. Er hatte einen Maronistand passiert, der, noch geschlossen, unter einer Plastikabdeckung geschützt wurde. Es waren die gleichen Früchte wie in Istanbul, und doch galt hier eine andere Kultur des Bratens, des Präsentierens. In der Schweiz garten Maroni in befeuerten Kesseln; sie wurden mit einer Metallkelle umgerührt. In der Türkei röstete man sie auf Platten, unter denen die Flammen züngelten; sie wurden mit Zangen einzeln gewendet, und, wenn sie weich waren – sie waren je nach Größe zu verschiedenen Zeitpunkten weich –, an den Rand gelegt, wo es weniger heiß war. Jede Kastanie Handarbeit. Er hatte in Chur aber auch Maronistände gesehen, die für die schon garen Früchte eigene Wärmeplatten hatten. Auf ihnen lagen die Kastanien manchmal zwischen Rotkrautblättern. Warum? hatte er die Maronibraterin unter ihrer Filzhaube gefragt. Wegen des Aromas, und damit sie nicht austrocknen! Und sie rührte weiter im Kessel, eine Kelle in der braunen Hand, pergamenten wie die einer Mumie.

Man könnte auch an die Sorgfalt glauben, die Kastanien in Rotkrautblätter bettet.

Er hatte eine Unterführung genommen. Eine Treppe hinauf. Auf Gleis 4 war der Transalpin EC 163 nach Graz schon angeschrieben gewesen. Der Zug kam aus Zürich.

Der Zugzielanzeiger gab die Position des Speisewagens an. Er stellte sich auf den entsprechenden Abschnitt des Bahnsteigs. Er fröstelte und beschloß, ein paar Schritte zu gehen. Gegen Westen verloren sich grau-weiße Gipfelzüge in weißgrauen Wolkenauftürmungen. Augenschwindel. Was war Wolke, was Schnee, was Himmelsgrau, was Grau des Gesteins? Gegen Osten ein goldenes Licht, die klare Linie der Berge erschien als eine Signatur.

Es war windig gewesen. Er war näher an die Bahnsteigkante getreten und hatte hinunter auf die Gleise gesehen. Auf einmal flog ein Schatten über die Schwellen. Er blieb stehen. Nun erkannte er ein kleines Felltier, das über eine Schiene sprang, hin- und herlief. Verharrte. Zurücksprang. Und wieder zu laufen begann, als suche es einen Ausgang.

Dann war der Zug eingefahren. Und hielt mit einem Bremsen, das die Luft zerriß.

Der asiatische Kellner verbeugte sich. Baran bestellte einen Kaffee. Er legte sein Buch auf den Tisch, in dem er später lesen wollte. Er legte die Europakarte daneben. Immer reiste er mit Karten, auf denen er sehen konnte, wo er war. Denn man sah ja nicht alles, was man durchquerte. Landkarten wiederum waren für den Augenblick blind. Sie zeigten das Prinzip des Weges; durch das Fenster sah man, was im Sehen schon Vergangenheit war. Der Zug fuhr an. 9 Uhr 37. Pünktlich, wie es der Fahrplan wollte.

Wieder begann das Fließen. Maisfelder wechselten mit Industriebauten, Lagerhallen, Park- oder Rangierplätzen. War es so oder hoffte er es nur: Nach und nach wollten die Felsen niedriger werden. Ihre Einwürfe, ihre Imperative wurden schwächer. *Laß die Berge Frieden bringen und die Hügel*

Gerechtigkeit. Und ein Psalm wußte anderes als eine Karte oder der Augenschein.

Sie waren eine Familie gewesen, eine Sommerferienfamilie, die nach Sonnenmilch roch. Flatternd in leichten Stoffen, unter Hüten und Brillen. Vater, Mutter, Kind und Bruder, Schwager? Oder Cousin? Oder Götti, wie sie den Taufpaten hier in der Schweiz nannten.

In Düsseldorf damals, Stadtteil Reisholz, da, wo die Arbeiter in Werkswohnungen lebten, hatte er auch einen *Taufpaten* gehabt, ungetauft wie er war. Denn seine islamisch erzogene Mutter und der Vater aus dem griechisch-orthodoxen Elternhaus hielten sich zurück mit einer religiösen Einbindung ihrer Söhne. Eduard war ein Arbeitskollege des Vaters am Fließband, dick und ledig. Manchmal fuhr er abends in einer wattierten Windjacke auf seiner alten Kreidler Florett vor und legte selbstgeschossene Tauben auf den Küchentisch oder Pilze, Maronenröhrlinge, samtig aus einer Papiertüte geschüttet. Oder er präsentierte eine Ananas-Torte in einer Tupperware-Plastikglocke. Denn er war Hobbybäcker und baute mit Hilfe von Gelatineplatten und Ananas in Stücken aus der 500 ml-Büchse stabile Frucht-Sahne-Gebilde. Vermutlich war er schwul. Onkel Eduard, Sohn von – wie sagte der Vater? – Vertriebenen aus dem deutschen Osten. Sagte er Pommern? Onkel Eduard suchte in der türkisch-griechischen Familie so etwas wie Zugehörigkeit als Fremder in der Fremde bei vertrauenerweckend noch Fremderen. Sie schlossen den Bund der Bedürftigen.

Der Kellner brachte den Kaffee, Baran legte ihm das Zuckerbriefchen und die Kapsel mit der Kondensmilch wieder auf sein Tablett. Der Kellner verbeugte sich. Dann wünschte er mit dem Lächeln des Asiaten in österreichischem Zungenschlag eine schöne Weiterfahrt.

Düsseldorf-Reisholz. Ein Mietsblock für Fabrikarbeiterfamilien. Wie weit entfernt das alles war. Gehörte das noch zu seinem Leben? Er lehnte sich zurück. Er hatte gelesen, daß sich die Haut eines Menschen innerhalb von sieben oder acht Jahren komplett erneuere. Schuppte sich auch die Seele, und es wuchs immer wieder eine andere nach?

Vermutlich war es eine irre Vorstellung, mit sich identisch sein zu können über ein ganzes Leben lang. Manchmal beruhigte ihn der Gedanke, daß er nicht mehr als der sterben konnte, der er gestern noch war. So arbeitete die Zeit an der Unsterblichkeit.

Die Zwei-Zimmer-Wohnung in Düsseldorf. Sie schliefen zusammen in einem Raum, der Vater in einem in die Wand eingelassenen Bett mit einem Vorhang zum Zuziehen. Als er Cla einmal dieses Bett beschrieb – sie sprachen über körperliche Nähe in der Familie – sagte Cla *Alkoven*. Und ihm gefiel dieses Wort, und er hatte sich geschämt, daß er es nicht kannte. Die Mutter lag neben dem Bruder und ihm, im Nachthemd mit den kleinen Rosen. Nachts stand sie auf, wenn sie meinte, daß die Söhne schliefen, und zog den Vorhang beim Vater zurück.

Und morgens der Schulweg, wenn es noch dunkel war. Die vereisten Pfützen auf den schlecht asphaltierten Straßen.

Er sah hinaus. Er sah auf die Karte. Er öffnete Google Maps auf seinem Handy. Er konnte einen größeren Maßstab zoomen. Die Bahnstrecke verlief jetzt am Alpenrhein entlang, der hier die Grenze zu Liechtenstein markierte. Die Grenze war eine Linie auf dem Bildschirm. Man sah im Grünen nicht, daß hier ein anderes Land begann. In wenigen Kilometern würde der Rhein in den Bodensee fließen. Aber der Zug folgte ihm nicht mehr, sondern bog ab nach Osten Richtung Österreich.

Und wie entfernt alles schien. Und wie nah. Hier in dieser fließenden Öde wechselnder Bahnböschungen. Vor-bei, vorbei, vor-bei, vor-bei.

Sie lebten nun fast drei Jahre zusammen. Cla und er. Cla, der zärtlich Begabte, der unwissend Wissende. Die Naivität seiner Muskeln, seiner Haut hatte ihn getroffen. Sein Instinkt. Körperhaft war er sicher. Wurde immer sicherer mit ihm, dem Erfahrenen. Wurde selbst erfahren. War erfahren geworden. Lieben, liebte, geliebt. Sie buchstabierten einander, konjugierten ihre Körper. Nicht nur für Cla war alles neu.

Sie waren vorsichtig miteinander. Und dankbar für jeden der täglichen Momente. Anfangs. Und ihre Zeit des Anfangshaften dauerte lange. Sie ahnten beide, was auf dem Spiel stand.

Cla, der jahrelang Alva nicht geheiratet hatte, Cla, der Zögernde, gab seine Lebensstelle als Lehrer auf und kam zu ihm. Aus der reichen Schweiz in die Türkei, in der die Lira stürzte und die Menschen begannen, ihr Brot selbst zu backen, weil das billiger war, als es zu kaufen. Brotbacken war keine Mode alternativen Lebens, Brotbacken war Not.

Cla war zu ihm gekommen. Zu einem Niemand in Istanbul. Der kein regelmäßiges Einkommen hatte, in einer kleinen Wohnung lebte. Bis sie dann umzogen nach Moda auf die asiatische Seite und am Küchenfenster standen, von wo sie das Marmarameer sehen konnten. Es war für Cla der freie Fall in ein anderes Leben. Immer wieder. Und er, Baran Anatol Chronas, fing ihn auf und bekam Schwung von ihm, dem Fremden aus dem Engadin. So waren sie zwei Trapezkünstler. Die sich in blindem Schwung vertrauten. Ohne Netz.

Damals, in den ersten Wochen, als sie sich kennenlernten, als Cla für drei Monate wegen seiner Cusanus-Studien in Istanbul war, da sah er in ihm, Baran, der Deutsch sprach, zunächst einen Stadtführer, schließlich einen Freund. Und undenkbar zunächst und ganz und gar ungeheuerlich erkannte er in ihm den Geliebten. Da schlug sie das Glück.

Und dann hatte Cla sich von ihm getrennt. Am Ende waren es nur wenige Tage gewesen, aber wer weiß das am Anfang. Am Anfang war es für immer.

Alva sei schwanger. Natürlich von ihm, Cla, von wem sonst! Es mußte vor seiner Abreise aus der Schweiz geschehen sein, bevor er seinen Forschungsaufenthalt in Istanbul antrat. Jetzt blühten die ersten Judasbäume. Willkommen: ein Frühlingswochenende in der Hölle! Er war nach Saloniki geflohen. Er war durch die Clubs im Vardaris-Viertel gezogen. Er war zurückgekommen. Was sollte er mit fremden Männern am Hafen? Alva, der weiße Schwan, würde ein Schwänlein bekommen. Und ein Kind war für einen Mann wie Cla ein sicheres Argument. Pflicht und Verantwortung. Moral. Gegen die Liebe, gegen das Begehren, gegen das eigene Glück, das einem zusteht.

Cla: Was steht einem zu?

Und dann hatte Cla hinzugefügt: Und ich liebe sie ja. Es ist nicht so, daß ich Alva nicht liebe. Wenn ich denn lieben kann.

Mit der flachen Hand war er wie zärtlich über die Holzplatte des Tischs gefahren mit all seinen Verletzungen und war aufgestanden. Er hatte den Stuhl ganz sacht zurückgeschoben an den Tisch. Und seine blaue Küche verlassen; kaum hörbar hatte er die Wohnungstür zugezogen.

Und umso lauter drang die Brandung des Abendverkehrs herauf durch das Fenster und das Schreien von hungrigen, gerade geschlüpften Vögeln.

Aber kurz darauf hatte Alva aus Chur geschrieben, sie habe das Kind verloren. Und Cla glaubte ihr sofort. (Vielleicht auch, weil das für ihn die einfachste Lösung war. Kein Kind, keine Verpflichtung zur Vatermoral.) Eine frühe Fehlgeburt war schließlich nichts Ungewöhnliches.

Aber Alva hatte das Kind nicht verloren.

Wurden die Berge niedriger, gnädiger mit ihrem Anspruch an Haltung, Härte, schroffen Glanz? Er mochte durch keine Felsen mehr fahren, die auf ihn heruntersahen. Aber er war ja erst am Anfang seiner Reise durch die Alpen.

Alva wollte keinen Ehemann, der an seinen Geliebten in Istanbul dachte. Lange vor Cla hatte sie begriffen, daß Cla sie nicht lieben konnte, wie ein Mann eine Frau lieben sollte, wenn er mit ihr eine Familie gründen möchte. Auch wenn er der Vater war. Sie gab ihn frei. Und nahm sich die Freiheit, Florinda großzuziehen.

Cla hatte Alva unterschätzt. (Das hatte er gleich vermutet, daß Cla diese Frau unterschätzte, schon bei der ersten Begegnung mit ihr, damals in Istanbul, als sie gekommen war, um Cla, der keine Ahnung hatte, zu sagen, daß sie ein Kind von ihm erwartete.)

Transalpin EC 163 nach Graz. Ein Zug, der durchs Gebirge klettert. Bald wäre er wieder in Istanbul, in seiner Stadt, die auf zwei Kontinenten lag, zwischen dem Schwarzen Meer und dem Weißen Meer mit der Wasserstraße des Bosporus.

Beschleunigte der Zug? Die Räder schlugen in den Schienen. Eisen auf Eisen, Eisen auf Eisen. Welche Gewalt lag in dieser scheinbar harmlosen Fahrt.

Cla war in Istanbul geblieben. Alva hatte ihn nicht nur freigegeben, sie hatte ihn auch verlassen. Alva, die Alpinistin mit der Vorsteigermoral, risikobereit. Cla war zunächst nur geblieben, hatte aus einem Koffer bei ihm gelebt. Und dann war er zu ihm umgezogen. Mit einem Peugeot Traveller voller Bücherkisten. Und einem Rucksack, der ein paar Kleider enthielt. Und Alva bereitete sich in Chur auf die Geburt vor und auf das künftige Leben mit dem Kind.

Und sie beide, er und Cla, hatten in Istanbul einen gemeinsamen Alltag begonnen. Voll Zuversicht, immer wieder, und immer wieder mit Angst.

Baran hörte das lauter werdende Klopfen der Räder. Wie weit mußte man sich verlieren, um sich finden zu können? Der Zug schwankte leise, Nebengleise blitzten auf. Glanzlinien, die sich vereinigten, dann weiterliefen, wieder zusammenkamen, weiterliefen. Auf Schienen kann man sich nicht verlieren. Auch Schienen, die einander kreuzen, wissen ihre Wege sicher.

Cla war zu ihm nach Cihangir gekommen. Und auf einmal roch alles anders. Sein Zimmer mit dem selbstgebauten Bett, seine blaue Küche, in der die Möbel seiner Großmutter standen, ihre Mokkatassen im Holzregal aus Griechenland. Mit seinem bloßen Dasein änderte Cla sein Eigenstes in diesem Hochhaus an einer der steilsten Straßen des Viertels. Doch bald hatten sie die Wohnung in Moda gefunden. Die Räume dort waren größer, heller. Und nun wurde das Neue durch Cla schnell vertraut. Manchmal standen sie am Küchenfenster und sahen auf ein Stück Blau, ihr Marmarameer. Sie erkannten Schiffe, die warteten, bis sie eine Erlaubnis zur Einfahrt in den Bosporus erhielten. Und Schiffe, die hineinfuhren, und Schiffe, die vom Schwarzen Meer zurückkamen. Es waren meist Containerschiffe, oft mit Pilotbooten. Die Passage durch den Bosporus war gefährlich. Das Wasser vom Schwarzen Meer bildete eine obere starke Strömung hin zum Marmarameer. Darunter aber floß in etwa vierzig Metern Tiefe ein Strom in entgegengesetzter Richtung. Cla war fasziniert gewesen von der Vorstellung einer Wasserstraße mit zwei Strömungen. Das sei ein ideales Bild für Cusanus, rief er. Für seine Idee, Gott einzig zu fassen als den Zusammenfall der Gegensätze. Als das Hin und das Her, das Ja und das Nein.

Du meinst, Cla, hatte er ihn gefragt, Gott muß existieren und zugleich nicht existieren, um Gott zu sein?

Die Wohnung hatten sie zunächst nur zur Zwischenmiete für zwei Jahre bekommen. Ein Schauspielfreund, der nach London ging, überließ sie ihnen billig. Und nun hatte sich der Freund in London gebunden, nicht nur an ein Theater, sondern auch an einen Oboisten des London Symphony Orchestra. Und er hatte einen unbefristeten Mietvertrag geschickt.

Baran bemerkte, daß er seinen Kaffee vergessen hatte. Er nahm einen Schluck. Der Kaffee war noch warm und auf eine milde Weise bitter. Er sah auf seine Hände, die auf der weißen Tischdecke lagen. Er sah auf die weißen Manschetten, die unter dem Dunkelblau des Pullovers hervorschauten. Alva hatte ihm das Hemd, das einzige gute Hemd, das er dabeihatte – man wußte ja nie, ob man ein weißes Hemd brauchen würde –, gewaschen und gebügelt. Für die Reise, hatte sie gesagt.

Draußen weitete sich das Land.

Und wieder wurde es Frühling. Damals. Ihr erstes Jahr zu zweit war vorüber. Im Nachhinein schien es ihm, als flutete immer die Sonne durch ihre Zimmer. In schmelzendem Rosa blühten die Judasbäume den Bosporus entlang, blühten wie Schaum. Und dann kam dieser 23. April, der Tag des Heiligen Georgios. Der Tag des Ritters, der den Drachen tötet.

Der Himmel zeigte eine Bläue, wie mit Wasserfarben gemalt. Möwen flogen über die Helle, kreischende Poeten des Bosporus. Vom Hof stieg der milchige Duft eines Feigenbaums herauf. Die Straße rauschte. Er schloß das Fenster.

Cla saß im Zimmer nebenan und bereitete seinen Unterricht vor. Er hörte, wie er sich räusperte, aufstand, zum Regal ging. Er wußte, jetzt nimmt er ein Buch heraus, sucht etwas. Setzt sich wieder. Er liebte diese Nähe, die ihm ein Gefühl von Vertrautsein gab, das er vorher nicht gekannt hatte. Oder doch einmal, ganz früh, als Kind, ein unwissendes Vertrautsein mit sich selbst.

Seit Cla mit ihm lebte, war es stiller in seinen Räumen. Nicht nur, weil die neue Wohnung ruhiger lag und besser schließende Fenster hatte, und auch nicht nur, weil er weniger Musik hörte. Es war eine Stille, eine Konzentration, die Cla mitzubringen schien.

Grenzbahnhof Buchs. Zwei Uniformierte, bewaffnet und in Springerstiefeln, durchquerten den Speisewagen. Für wenige Kilometer bis zum österreichischen Feldkirch würde der Zug nun durch Liechtenstein fahren. Reflexhaft setzte sich Baran aufrecht und war erleichtert, daß die Grenzbeamten – war es Polizei, waren es Männer vom Zoll? – ihn nicht wahrnahmen. Dabei gab es nichts an ihm, was sie hätte stören dürfen. Ein Türke mit Fahrkarte und Paß, kleinem Koffer, auf dem Schienenweg nach Istanbul.

Er nahm einen weiteren Schluck Kaffee, er lehnte sich zurück. Der Zug stand.

An diesem 23. April, dem Tag des Ritters, der den Drachen tötet, war er in den Flur getreten und zu Clas Tür gegangen. Er klopfte leise. Cla saß leicht gebeugt über dem Schreibtisch. Er las. Es war wie immer. Und doch nicht.

– Und, wie geht's?

Und ohne eine Antwort abzuwarten, hatte er gesagt:

Agios Georgios! Heute ist Agios Georgios.

– Und?

– Was und? Du weißt doch, Büyükada. Auf dem Hügel. Das Kloster. Die ganze griechische Szene. Das Kirchlein mit dem blauen Innenraum, die Ikonen. Die Honigkerzen. Das hat dir doch gefallen. Und heute kommen sie. Zehntausende, Hunderttausende von Pilgern werden kommen am Tag des

Heiligen Georg. Christen, Moslems, Juden, Agnostiker, all die frommen Anarchisten. Man braucht Polizei, Absperrungen, um sie zu kanalisieren.

Cla sah ihn nur kurz an und war schon wieder über seine Papiere gebeugt.

– Und schau, bei diesem Wetter! Da müssen wir doch raus!

Und er war an Clas deckenhohen Bücherregalen vorbeigegangen bis zum Fenster. Er hatte die Flügel aufgerissen, als könne er mit diesem Schwung auch Cla mitnehmen.

Wie versunken er immer dasaß und las. Ein Geodreieck in den schmalen Fingern, mit dem er unterstrich.

Die Prinzeninseln waren das Erste, was er ihm gezeigt hatte. Kınalıada, Burgazada, Heybeliada. Aber zunächst besuchten sie das griechisch-orthodoxe Kirchlein auf Büyükada. Er war gerne in dem dunklen, türkisblau schimmernden Raum mit gemalten Sternen an der Decke. Es war ein wenig Tausendundeinenacht, die Kronleuchter glitzerten in Glastropfen. Es war ein Hauch *Omorfi Nichta*, das Rembetiko-Lokal in Saloniki, in dem man rauchend die alten Lieder sang vom Schwarzen Meer. Und es war die Kinderbibel. Da kam der Heilige mit dem Pferd, die Lanze gegen den Drachen gerichtet. Siegreich schwang er die Fahne mit dem Kreuz.

Im Kirchlein Reliefbilder des Heiligen, gehämmert in Silber. Volksglaube, religionenübergreifend. Votivtäfelchen, Glaskästen im Kerzenschimmer, in denen gefaltete Zettel und

Zettelchen steckten. So viele Papiere, Handschriften, Schicksale. So viel Hoffnung. Und Dank.

Sie hatten Honigkerzen entzündet und sie in den Sand vor den Ikonen gesteckt. Und sich für einen heimlichen Moment an den Händen gehalten vor dem Blick der schwarzen Gottesmutter. Maryam, Maria. Und in diesem Augenblick waren auch sie ihre Söhne.

Und danach gingen sie in den Garten des anliegenden Restaurants. Durch die Pinien hatten sie hinunter zum Marmarameer gesehen. Auf den Prinzeninseln war Istanbul noch griechisch. Und als die Wirtin selbstgeschnittene, in Olivenöl gebratene Kartoffelschnitze brachte und ein Auberginen-Mus mit Knoblauch und Minze, hatte er mit ihr Griechisch gesprochen. So zum Spaß.

Wieso spricht sie Griechisch? hatte Cla gefragt, sie ist doch Türkin.

Und er hatte ihm erzählt, daß Aysel als Mädchen aus Istanbul nach Büyükada gekommen war

– Aysel, wie alt warst du?

Sie zuckte mit der Schulter. 14, 15 vielleicht.

Sie war 14 oder 15, übersetzte er. Ihre Tante brauchte sie hier in der Küche. Aber nebenan war das Kloster mit den griechischen Mönchen, für die die Tante kochte. Nun begann Aysel, Griechisch zu lernen, um sich mit diesen Männern verständigen zu können.

Cla hatte Aysel erstaunt angesehen, eine Frau mit rotblonden kurzen Haaren, schwarzen Augen, kajalumrahmt.

Aber Aysel fuhr sich mit den Händen nur über die Schürze und zuckte die Schultern: Es hat mir gefallen! Ich hatte ein Buch mit Wörtern und eine Grammatik. Aber ich habe dann einfach mit den Mönchen gesprochen. Jeden Tag ein bißchen mehr.

Er hatte noch übersetzt, während Aysel sich mit einem Kopfnicken umdrehte und schon Richtung Küche gegangen war.

Der Zug ruckelte. Er war wieder angefahren, langsam. Und Baran bemerkte, daß er die Fahrtrichtung gewechselt hatte.

Er war näher an Clas Schreibtisch getreten.

– Sie gehen mit Garnrollen zum Kloster hinauf. Ihre Fäden laufen über die Sträucher wie Spinnennetze.

Cla sah kurz auf und legte das Geodreieck wieder an einen Satz.

– Sie binden Papierstreifen in die Zweige der Bäume. Sie entzünden Kerzen in Felsspalten. Sie legen Zeichen mit Zuckerwürfeln. Sie singen.

Cla hatte das Geodreieck zwischen den Fingern gedreht und ihn ruhig angesehen.

– Und?

– Was meinst du?

– Eben. Ich mag solche Massenveranstaltungen nicht. Und ich muß arbeiten. Warum gehst du nicht allein?

Cla hatte sich wieder über seine Papiere gebeugt.

Und dann hatte er weiter mit seinem Geodreieck Sätze unterstrichen, als seien die Striche unter den Wörtern Sicherheitsmarkierungen. Und vielleicht waren sie es auch.

Und als er stehen blieb, nun schweigend, hob Cla den Kopf.

Und er hatte gewußt, daß diese Weise des Vertrauens neu für ihn war. Niemand zuvor hatte ihn so angesehen. Und er hatte noch nie so auf einen Blick reagiert. Feuerland, dachte er, und: Gab es Gletscher auf Feuerland?

Er war auf Cla zugegangen, der dasaß in seinem grauen Hemd. Seitlich war er vor dem sitzenden Cla gestanden. Dann hatte er sich leicht zu ihm gedreht. Er schob Clas Hemdkragen am Hals mit den Lippen wie suchend zurück. Er näherte sich mit seiner Zungenspitze seiner Haut. Und er küßte ihn in den Nacken.

Aber wenig später, am frühen Nachmittag dieses 23. April, die Judasbäume verschäumten all ihr Rosa, da hatte Cla gesagt, er müsse noch einmal in die Bibliothek.

Und war es das frische Hemd, das er nun anhatte, oder das frischrasierte Kinn oder diese leichte Röte um die Wangenknochen, jedenfalls hatte er da gespürt, daß heute, am Tag des Heiligen, der den Drachen tötet, etwas anderes begonnen hatte. Daß er nun wußte, daß Cla ihn betrog.

Baran mochte nicht rückwärtsfahren. Er war vom Tisch aufgestanden, setzte sich um. Und so erhaschte er die Zeile auf einer Plakatwand: *Im Sport passieren mehr schwere Unfälle als im Straßenverkehr.* Ein Mädchen lächelte unter einem Skihelm. *Schütze dich mit den Präventionstipps auf bfu.ch.*

Und welche schweren Unfälle passierten in der Liebe?

Mit ihm, Baran Anatol Chronas, dem Istanbuler Griechen, dem Sammler sexueller Gelegenheiten, hatte Cla, der Lehrer aus dem Engadin (souverän in den alten Sprachen und noch scheu im Körper), die Liebe unter Männern kennengelernt. Und nun wollte er sie verstehen. Oder üben. Oder was auch immer.

Zu seiner Linken erstreckte sich flaches Weideland, aber rechts stiegen die Berge unerbittlich hinauf.

Und er? Seit Cla bei ihm war, hatten ihn andere Männer immer weniger und bald gar nicht mehr interessiert. Und er verstand nicht so recht, warum. Aber er verstand, daß er das nicht wissen mußte. Die Grammatik des Begehrens kennt verschiedene Zeitstufen.

Der Kaffee war jetzt kalt. Er trank ihn in einem Schluck aus.

Und die Berge wuchsen. Er fuhr an Felswänden vorüber. Von oben drohten Schneefelder. Und alle Gipfel in ihrer Unantastbarkeit wußten, daß er falsch lebte. Er drückte die Schultern durch, um zu vermeiden, daß er sich unwillkürlich duckte. Aber er war doch auf dem Weg zurück, zu Cla! Cla liebte ihn.

Cla betrieb einige Affairen, die er gerade brauchte. Das änderte nichts. Sie beide waren das Paar.

Vor-bei, vor-bei, vor-bei.

Halt in Feldkirch. Nach der kurzen Strecke durch Liechtenstein begann nun die Fahrt durch Österreich. Vorarlberg, sagte die Karte. Kleine schmutzfarbige Häusergruppen, bewirtschaftetes Land, struppig. Sein Handy hatte fast keinen Strom mehr. Er winkte dem Kellner und fragte nach einer Steckdose. Wie erwartet gab es keine im Speisewagen. So bezahlte er den Kaffee, nahm seinen Koffer und ging in den angrenzenden Waggon. Er schritt die Abteile ab.

Wer bereit ist zu lieben, kann sich nicht schützen. Stimmte das?

Eine junge Familie mit zwei Kleinkindern, eine Gruppe Jugendlicher. Im nächsten Abteil waren die Sitze ausgezogen, so daß ein Bett entstand. Ein Wesen in Parka und Mütze, die Beine eingewickelt in nicht genau definierbare Stoffe, schlief darauf.

Wieder eine Familie, drei Kinder, schon älter. Eine Reisegruppe übermütiger Frauen. Er ging vorbei an diesem Leben, das leicht schien.

Im letzten Abteil des Waggons saß sich am Fenster ein weißhaariges Ehepaar gegenüber. Er öffnete die Schiebetür, grüßte und bemerkte, daß er nicht willkommen war. Als könne er seine Haltung nicht mehr ändern, fragte er, ob noch etwas frei sei. Der Mann deutete mit einer Handbewegung auf die beiden Plätze am Gang. Die in der Mitte seien reserviert. Der Mann trug wie er einen dunkelblauen Pullover, allerdings mit einem dunkelblauen Hemd darunter. Nun setzte er sich noch etwas gerader und faßte die Zeitung gespannter. *Neue*, las Baran. Und auf den zweiten Blick erkannte er, daß es ein Blatt aus Vorarlberg war. Auch die Frau schien ihren Körper hinter ihrem Magazin verstecken zu wollen. Baran hob seinen Koffer in die Gepäckablage und setzte sich gleich neben die Tür zur Gangseite, dem Mann schräg gegenüber. Unter der Gepäckablage verlief ein länglicher Spiegel. Der Zug verlangsamte seine Geschwindigkeit.

Was machte, für den fremden Blick, einen alten Mann und eine alte Frau, die sich im Zug gegenübersitzen, zu einem Ehepaar? Warum nicht Nachbar und Nachbarin? Kollegen? Weil wir in Ehepaaren denken. Weil Ehepaare ein Ähnlichsein ausbildeten und eine gemeinsame Aura sie umhüllte. Mehr noch, er hätte gewettet, daß der Mann ein pensionierter Lehrer war, Gymnasium, Deutsch und Geschichte etwa. Und sie? Mutter, Werklehrerin? Beide schienen zu den Menschen zu gehören, die ihr Leben lang gewußt haben, wie es richtig ist. Das war ihre Leistung. Und diese Leistung, daß sie ja gewußt haben, wie es richtig ist, würde sie zufrieden sterben lassen. Baran hatte eine Scheu vor Menschen, die wußten, wie es richtig ist. Und er bewunderte sie. Und wie er später erschließen konnte, hatten sie vier Plätze, zwei am Fenster, zwei in der Mitte, von Zürich bis Graz für sich allein reserviert. Damit sie genug Platz um sich herum hatten.

Über dem Kopf des Lehrers zögerte die Landschaft grün im Spiegel.

Er reservierte nie. Er reiste gerne im Speisewagen, Speisewagen waren meist leer. Und in den Abteilen wollte er sich spontan entscheiden können, wo er sitzen mochte. Ohne auf einen Platz verpflichtet zu sein oder auch ohne jemandem durch seine Reservierung einen Platz zu nehmen, den er nicht brauchte.

Bludenz. Eine knappe Stunde hinter Sargans. Seit Chur war er anderthalb Stunden unterwegs. Der Zug fuhr langsam an einer Reihe Maersk-Container vorbei. Baran kannte diese Container von den großen Schiffen auf dem Bosporus. Häuserhoch gestapelte Metallaufbauten. Schwimmende Städte.

Der Zug war in den Bahnhof eingefahren. Und hielt. Auf dem Gang mehrten sich die Stimmen. Das Österreichische klang anders als das Schweizerdeutsch. Für ihn waren es Modulationen einer Sprache, die er aus Düsseldorf kannte, aus Berlin. *Nehmens doch den Platz, i fahr nur bis Innsbruck. – Mei, i brauch kan Platz net, i fahr ja blos bis Zams.* Durch das Gangfenster sah er Menschen, die sich nach Koffern bückten, Taschen verschoben.

Jetzt öffnete eine Frau die Tür. Er nickte. Sie setzte sich ihm gegenüber, nahm ihren Koffer zwischen die Beine. Er stellte seine Füße etwas zur Seite, damit sie besser Platz hatte.

Er sah auf seine Schuhe, schwarze Wanderschuhe. Cla hatte sie ihm gekauft, bei diesem Ausflug nach Pontresina. Sie waren mit einem wackeligen 2er–Sessellift auf eine Alp hinaufgefahren und von dort weiter zu einem Restaurant gelaufen, das den Namen Paradies-Hütte hatte. Sie saßen an einem Holztisch und sahen in eine sich dehnende Gletscherlandschaft hinein. Er hatte nicht so recht glauben können, was er da sah. Das Bernina-Massiv, hatte Cla gesagt, die höchsten Gebirgszüge der Ostalpen. Und er sah fasziniert und auch mit ein wenig Furcht in dieses wie ausgeschüttete Weiß, in dieses Machtweiß. In dieses weiße Maul, das unter dem Himmel offen dalag.

Das nächste Mal, hatte Cla gesagt, gehen wir von hier auf die Georgy-Hütte. Die Hütte, auf der sich meine Eltern kennengelernt haben. Die Hütte liegt auf über 3100 Metern. Wir können dort übernachten und den Sonnenaufgang sehen. Und dann noch auf den Piz Languard steigen. Das ist nicht schwer. Aber nicht mit solchen Schuhen! Und er hatte auf seine Schuhe gezeigt. Offensichtlich fand Cla sie unpassend. Schmal, Ledersohle.

Wieder unten in Pontresina hatte Cla ihn vor einem Schaufenster auf die Schulter getippt, damit er stehenbleibe. Dann hatte er ihn hineingenommen in das Bergsteigergeschäft. Und Cla hatte ihm Schuhe gekauft, die für leichte Wanderungen taugten, für die weiß-rot-weiß markierten Wege. Also auch für den Aufstieg zur Georgy-Hütte. Keine hohen Wanderschuhe, keine solchen, wie Alva sie trug, die sofort als Wanderschuhe erkennbar waren. Aber doch stabile Schuhe, die er auch in Istanbul würde brauchen können. Auf den Fähren, wenn es rutschig war. Michelin-Sohlen, hatte Cla gesagt.

Er sah auf seine Schuhe, schwarz, mit grünen neonfarbenen Schnürsenkeln, die ihm zunächst fremd waren. War er nicht zu alt für solche Schnürsenkel? Und er hatte sie austauschen wollen, dann aber hatte er sich an sie gewöhnt. Die Schweizer trugen solche Schuhbändel, also beim Wandern, es war nichts Besonderes.

Die Frau ihm gegenüber hatte beigefarbene Turnschuhe aus Leder. Turnschuhe für die Stadt, für die Reise, die vor allem bequem sein mußten. Konnte man an den Schuhen sehen, ob ein Mensch glücklich war? Ob er noch lebenszuversichtlich auf sich achtgab? Oder ob es nur noch um Schadensbegrenzung ging? Oder selbst darum nicht mehr.

Draußen zogen Hochhäuser vorbei und niedrige Häuser, im Wechsel. Zwei Alltagskulturen, zwei Entwürfe. Nun wieder einzelne hohe Berge, die Fragen stellten in ihrer eigenen Fraglosigkeit. *Woher kommst du, wohin gehst du?* Eine Betonkirche, grau wie ein Bunker. Wieder der Wunsch, die Berge sollten aufhören. Aber er war doch erst am Anfang.

Unabwendbar lief er auf Schienen durch die Alpen. Die Bahn arbeitete sich hinauf, durchfuhr Felsmassive. Nicht besonders schnell, aber so, als sei sie nicht aufzuhalten. Als sei die Autorität des Ankommens ihr erstes Programm. So war er beschützt und hilflos zugleich. Er erfuhr den Raum in einer

Stahlhülle, die ihn solide mitnahm. Mit den Augen folgte er dem Weg. Vor-bei, vor-bei, vorbei, vorbei, vorbei.

Er spiegelte sich in der Scheibe zum Gang. Er sah auf seine Hände, die auf seinen Schenkeln lagen. Schenkel, dachte er, Schenkel an Schenkel. Schritt. Diese nicht einsehbare Intimität, das Weiche, während die Augen ineinanderfielen. Der Fall in das Du; der Unfall mit dem Du.

Aber es war ja nichts geschehen. Er lehnte sich zurück und wollte sich glauben.

Abzweigende Täler, immer wieder der Riegel einer beschneiten Bergkette. Er sah zum Spiegel. Sein Blick umfaßte die Hälfte des Fensters und die Hälfte des Spiegels. Und damit sah er zwei gegenläufige Augenblicke: In der Fahrt blieb, draußen vor dem Glas, die grüne Böschung zurück und innen, im Spiegel raste sie gleichzeitig nach vorn. Wieder ein Zusammenfall der Gegensätze. Wie die zwei Strömungen im Bosporus. Immer wieder hatte Cla ihm Beispiele für die *coincidentia oppositorum* gegeben, bis er sie selber sah. Und einmal hatte Cla ihn mitgenommen nach Kues an der Mosel, in das Geburtshaus von Cusanus, das heute ein Museum war.

Wer bereit war zu lieben, konnte sich nicht schützen. Wenn das stimmte, lag hier nicht auch ein Zusammenfall der Gegensätze? Sich verlieren, sich bewahren. Im Sich-Verlieren.

Schon wieder ein Tunnel, wie zur Drohung, diese kurzen Tunnel könnten auch einmal nicht mehr aufhören. Auf dem

Display des Handys las er das Wort *Klösterle*. Sie fuhren im Dunkel Richtung Klösterle. Immer noch Vorarlberg. Licht jetzt. Ein Flüßlein zur Seite. Später würde er es als die Alfenz identifizieren, die in die Ill mündete, den größten Nebenfluß des Alpenrheins. Das war unerheblich. Und doch hatte alles seinen Namen. Er war in einem grünen Fließen, aber nicht im Namenlosen. Auch wenn er die Namen nicht kannte.

Der Zug hielt in St. Anton am Arlberg. Er las es auf dem Bahnhofsschild. Menschen glaubten an Namen, hielten sich an Namen fest. Das Benennen der Welt war ein erster Schutz.

Meinten sie hier am Arlberg mit Anton den *Vater der Mönche*, den ägyptischen Antonius? Wohl eher nicht. Vermutlich hatten sie Antonius von Padua gewählt, den jungen Mann in der Mönchskutte der Franziskaner, der, wie sonst Maria oder manchmal auch Josef, das Jesuskind auf dem Arm trägt. Ein Mann mit der mütterlichen Geste. Das Motiv interessierte ihn. Eine Zeitlang hatte er solche Darstellungen gesammelt. Er mochte das Bild von Guercino. Sein Antonius hält das nackte Kind so, daß es seine Füße auf ein Buch abstützen kann, das vor ihm auf dem Tisch liegt, in dem er gleichzeitig liest. Nackte Kinderzehen auf Buchstaben. Am Ärmel seiner Kutte, am Bildrand, war eine weiße Lilie gemalt, wie ein Siegel.

Unschuldige Unschuld. Noch verdachtsfrei. Schon mit der Frage, ob man, wie man ein nacktes Kind halten durfte, war jede spontane Zuwendung vorbei. Was durfte selbstverständlich sein? Wie verliefen die Lagunen der körperlichen Nähe. Das Zimmer mit dem Alkoven und dem Bett der Mutter und ihren zwei Buben. Wo begann Sex? Was war Sex? Berührungsverbote, Bilderverbote. Guercino hatte auch den Heiligen Josef mit dem nackten Kind gemalt. Und das nackte Kind hielt eine wilde Rose in der Hand. Josefs Blick und der Blick des Kindes trafen sich in der Rose. Manchmal malte Guercino Amor mit dem Gesicht des Jesuskinds. Oder das Jesuskind mit dem Gesicht eines Amor. Offensichtlich hatten nicht alle Zeiten das strenge Bedürfnis, in der Zärtlichkeit, im Liebesbegehren zu trennen.

Auf einmal roch er, wie Florinda roch. Er hatte sie gerne hochgehoben. Sie getragen, ihren kleinen Körper gehalten. Alva stillte sie noch, mit oft kaum verhüllter Brust – es fiel ihr nicht ein, sich zu schämen –, überall, auch beim gemeinsamen Essen am Küchentisch. Das Kind saß ihr auf dem Schoß, saugte an der Brustwarze, manchmal sah es dabei die Mutter an, manchmal hatte es die Augen geschlossen. Unvermittelt konnte es die Brustwarze ausspucken, sich umdrehen, über den Tisch sehen und dann nach einem Stück Brot greifen, von dem auch die Erwachsenen aßen. Er kannte dieses beiläufige Stillen von den griechischen Dörfern, wo noch Schulkinder den Kopf unter den Pullover ihrer Mutter steckten.

Er hatte auf Florinda aufgepaßt. Beim Planschen in der Wanne etwa. Wenn sie Plastikenten schwimmen ließ oder aus einem Becherchen Wasser in ein anderes Becherchen schüttete. Er war mit ihr auf dem Boden gesessen und hatte Türme aus Holzklötzchen gebaut. Die sie mit sicherer Hand umwarf. Er hatte ihr vorgelesen. Abweichend vom Text, eher frei erfunden, weil ihm andere Geschichten einfielen als die, die zu den Bildern vorgegeben waren. Er hatte sie gefüttert und ihr zugesehen, wie sie allein ihre Experimente mit dem Löffel machte. Vor allem in den Tagen, als Cla schon abgereist war, hatte Alva seine kleine Hilfe gerne angenommen. Es war leicht gewesen, Florinda mochte ihn. Sie hatte die Wörter Cla-Pa und Ba-Pa erfunden, so hatte sie zwei Väter.

Auch der Heilige Christophorus, der Schutzpatron der Reisenden, trug das Kind. Aber nicht im Arm, sondern auf der Schulter. Manchmal wie eine Bürde, manchmal wie einen Flügel.

Die Frau mit den beigen Turnschuhen mußte ausgestiegen sein. Als der Zug nun in St. Anton anfuhr, waren sie wieder zu dritt im Abteil.

Noch auf dem Bahnhofsgelände begann ein Eisenbahntunnel. Und sein Dunkel war nicht gleich vorbei. Alle paar Sekunden blitzten gelbe Lichter auf. Viele gelbe Blitzlichter in einer Röhrennacht. Das Handy sagte ihm, daß innerhalb des Tunnels die Grenze zwischen Vorarlberg und Tirol verlief. Er schloß die Augen. Er hörte den Rhythmus der Räder auf den Schienen. Manchmal ein Quietschen. Es roch nach Moder, Öl und Eisen.

Endlich Licht. Er atmete durch. Doch nun schienen die Berge zu schwanken. Die Bewegung des Zugs übertrug sich neu auf die Felsen, die Grate, die Abbrüche, die nicht mehr statisch zu sein schienen. Die sich bewegten. Ihn schwindelte. War er müde? Er zwang sich zu einer Wachheit, er wollte eine Kamera sein, nur ein Objektiv. Als könne er durch seinen Blick etwas festhalten, das wankend verschwand. Als könne das, was da vorbeizog, ihn im Bild, das er aufnahm, in seinem Bild, beruhigen.

Eine Front von Häuslein, rosa, blau, am Wasser, eine Brücke, das Örtchen Grins. Zwei Flüsse kamen hier zusammen. Weil er immer auf den Trost von Namen hoffte, sah er im Handy nach: Rosanna und Trisanna flossen zusammen zur Sanna, die gleich bei Landeck-Zams in den Inn münden sollte. Rosanna, Trisanna. Zwei Frauen, die sich zu einer dritten, der Sanna, mischten, die in einem männlichen Fluß, dem Inn, aufging, der ab Passau, mit dem neuem Wasser der Donau angereichert, nun Donau heißen würde, also wieder eine Frau wäre. Über Passau würde er nicht fahren.

Die Felsen jetzt zum Greifen nah. Und schon hielt der Zug. Landeck-Zams. Er sah auf die Uhr: 11.27 Uhr.

Vor dem Bahnhof standen Busse, die ins Engadin fahren würden. Erst weiter bis Pfunds, noch in Tirol, dann nach Martina, dem Grenzort zur Schweiz, Graubünden. Von dort bis nach Scuol, dem ersten Bahnhof der Rhätischen Bahn im Engadin. Umsteigen. Und dann noch zwei Stunden und er wäre wieder in Chur. Er hätte dann nur eine kleine Rundreise gemacht. Er könnte sagen: Alva, da bin ich wieder! Er könnte Florinda auf den Arm nehmen. Er könnte fragen: Was sollen wir heute abend kochen?

Das wäre möglich.

Aber wenn er jetzt nicht zurückführe, im Kreisbogen über Pfunds, Martina, Scuol, durch den Vereina-Tunnel, das Prättigau hinunter und dann den jungen Alpenrhein hinauf zurück nach Chur, dann war er spätestens jetzt auf dem Weg fort. Nach Graz, Maribor, Zagreb, Belgrad, Niš, Sofia, Edirne, Istanbul. Nach Moda, in ihre neue Wohnung auf der asiatischen Seite, mit Blick auf das Marmarameer, wo die Schiffe am Eingang zum Bosporus warteten. Wo die Schiffe vom Schwarzen Meer kamen. Dann war er auf dem Weg zu Cla. Der ihn betrog. Und er?

3. Landeck – Graz

Er stieg nicht aus. Es war ja nichts geschehen.

Der Zug fuhr weiter. Ein plötzlicher Streifen Sonne ließ das Grün vor dem Glas leuchten. Matten, ausgebreitete Wiesen. Wie nah der Zug in der Landschaft war, die Gleise schienen sich in das Gelände einzuschmiegen, Linie einer Stickerei. Doch von oben drohten Felsen, steil über das Fenster hinaus, mit Gesteinsnasen, verschiedenfarbigem Geröll. Dann wieder eine Talerweiterung, jetzt ein Fluß, wohl der Inn. Die Karte gab ihm recht. Im Spiegel erschienen die zurückliegenden Berge, als seien sie draußen nicht genug. Es würde aufhören. Es würde sicher aufhören, er würde die Alpen hinter sich lassen.

Ötztal, eine Fabrik am Bahnhof. Laster beladen mit gepreßtem Altpapier. Loren voller Metallschrott. Er las das Wort *Asia-Restaurant* am Rand eines sandigen Rangierplatzes. Dann Kühe hinter dem Bahnhof, Hochspannungsleitungen, tiefe Schneezungen von den Bergen. Hier war ein Maisfeld schon abgeerntet; er erkannte letzte Strünke, andere Felder standen noch in vergilbendem Grün, Weiden, nun wieder Felsformationen, aber so, als könnten sie jederzeit herunterbrechen. Wie Spielzeuge fuhren Autos in ihrer Tiefe vorbei.

Cla. Wo war er jetzt? Durch welche Räume schritt er und mit wem diskutierte er mögliche Exponate für eine Ausstellung zum Bilderverbot in den abrahamitischen Religionen? War Gott darstellbar? Wie war Gott darstellbar? Cla hatte ihm die *wissende Unwissenheit* erklärt. Und er wollte diesen Satz von Cusanus immer wieder von ihm hören: *Bis ich auf dem Meer von Griechenland zurückkehrend dahin geführt wurde – ich glaube durch ein höheres Geschenk vom Vater der Lichter – unbegreifbar zu empfangen das Unbegreifliche in wissender Unwissenheit.* Ihm gefiel dieser Cusanus, der den Mut hatte, sich zu einer *wissenden Unwissenheit* zu bekennen. Der eine Grenze der Erkenntnis akzeptierte. Gerade einem *Vater der Lichter* gegenüber, der ihn beschenkte, auf dem Meer, im Sturm auf der Galeere von Konstantinopel nach Venedig mit der Erkenntnis, von Menschen nicht begreifbar zu sein.

Völs, ein zur Landung sinkendes Flugzeug. Hier irgendwo mußte der Flughafen von Innsbruck liegen.

Sie waren den Rhein entlang gefahren, die Mosel entlang. Sie waren in Bernkastel-Kues gewesen. Sie hatten das von Cusanus gestiftete Krankenhaus besucht. Die Bibliothek seiner Bücher, sie hatten seine Handschrift gesehen, Anmerkungen am Rand seiner Lektüren. So viele kleine Schritte des Begreifens, so viel Geduld. Dann waren sie in sein Geburtshaus gegangen, es lag direkt am Wasser. Cusanus' Vater war ein Moselschiffer gewesen, und Cusanus wird als Kind auf den Fluß geschaut haben. Auf etwas, das da ist, und sich fließend im Bleiben verändert. Sie hatten das Würfelspiel gespielt. Auf dem Boden im Stein waren konzentrische Kreise gezeichnet. Und sie hatten mit einer hölzernen Kugel, die nicht ganz rund war, sondern eine Kuhle aufwies, versucht, in das Zentrum der Kreise zu treffen. Aber das ging nicht. Man kann mit so einer Kugel nicht zielen. Je mehr man zu zielen versucht, umso weniger trifft sie ins Zentrum. Das Treffen ist ein Geschenk. Nicht kalkulierbar. Wie die Gotteserkenntnis.

Innsbruck kam näher mit Bürgerhäusern in Habsburger Gelb, Rosa, Lindblau. Süßspeisenfarben. Fast scheu zeigten sich dahinter Ausschnitte von Hochhäusern.

Nach dem Anfahren gleich wieder Schrebergärten, moderne Flachbauten, ein Wertstoffhof. Der Zug querte eine Brückenkonstruktion von drei Autostraßen.

Jenbach. Wörgl. Ein gehbehinderter Mann mit Stock schob die Abteiltür auf. Er grüßte. Das Ehepaar schaute synchron auf und wieder weg. Der Mann setzte sich ihm gegenüber.

Die nahen Berge waren nun eher Hügel, bewaldete kleine Felsen, Laubbäume, die Wiesen säumten. Flecke von Kühen, weiß, braun, schwarz. Lärmschutzwälle vor niedrigen Wohnhäusern, ein kleines Wasserwerk am Bach.

Höfe, die auch Feriendomizile sein könnten oder Hotels, die sich als Höfe verkleiden. *Nächster Halt: Kirchberg in Tirol.* Der Fahrgast mit der Krücke lachte: *Heute wird's angsagt, früher hast as selber ausifinden müssen.* Er verschränkte die Arme: *Der Zug fährt heut langsam.*

Niemand antwortete ihm. Der Zug hielt.

Der Mann mit der Krücke beugte sich zum Fenster: *Do gibt's bald an neuen Bahnhof. An Lift auf den Bahnsteig gibt's dann au.*

Der Zug fuhr an, beschleunigte. Skiliftanlagen.

Der Mann mit der Krücke: *Do is die Abfahrt.*

Der Ehemann wie aufgestört nun mit Blick aus dem Fenster: *Hahnenkamm!*

Der Mann mit der Krücke: *Jo.*

Kitzbühel. Der Mann mit der Krücke erhob sich mühsam. Er schob die Abteiltür auf und grüßte. Baran sah auf die Uhr. 13.32. Er war nun viereinhalb Stunden unterwegs.

Der Zug hielt in St. Johann in Tirol, er hielt nicht in Fieberbrunn, nicht in Hochfilzen. Eine Ebene. Ein Kieswerk, wenig bebautes Land. Nebeneinander auf einer grünen Weide drei Lamas, die Gras ausrupfend ihre Hintern zeigten.

Der Zug fuhr auf einer hochgelegenen Trasse einen Bergrükken entlang. Halt in Saalfelden, *Ausstieg links*, das Handy verzeichnete die Angabe *Steinernes Meer*. Rostrote Güterloren mit Baumaterial. Lärmschutzmauern, dahinter angeschnittene Häuser, Hallen, ein Einkaufszentrum. Eine Kläranlage. Ein Kranz von Berggipfeln. Im Spiegel ein Schneeberg, vor dem Fenster die grüne Weite mit riesigen Kühen. Ein See.

Nächster Halt: Zell am See. Ausstieg links. Das plane Schild des Wassers. Am Ufer ein Boot, die Seepromenade. Auch wenn kaum Menschen unterwegs waren, spürte man den Zauberstab des Tourismus, der noch einem Kiosk am Straßenrand etwas Weltläufiges gab mit den Auslagen der internationalen Presse. Alles schien geputzt, gestrichen, gewartet: bereit.

Baran hörte die Namen von Orten, an denen der Zug hielt. Er las Namen von Orten, an denen der Zug vorbeifuhr. Er sah vermehrt gestapelte Baumstämme. Berge von Baumstämmen.

Bischofshofen. Und die Landschaft tönte sich in feuchtem Grün. Schilf, Auwälder nun, ein Hauch Amazonas in den Alpen.

Gewässer neben den Gleisen. Die Karte sagte *Salzach* und zeigte einen Nebenfluß des Inn.

Schrebergärten unter Felsen. Ein bespielter Tennisplatz, Schatten auf rotem Sand. Gesteinswände, feucht und nah, als könne die ausgestreckte Hand sie berühren. Baran sah ihren Glanz und roch ihre Kälte. Ich kann sie durch die Scheibe nicht riechen, dachte er, und ich rieche sie doch. Weil ich weiß, wie im Zwielicht liegendes, von Wasser überlaufenes Gestein riecht. Weil ich mich erinnern kann.

Laubgezweig. Sträucher, die die Zugwaggons zu streifen schienen.

Dann lagen Schafe wie Blüten auf dem Grün der Weiden, gesäumt von Obstbäumen. Neben einem roten Traktor beugte sich ein Mann über einen weißen Pudel. Der Pudel stand still, als sei er aus Glas. Der Zug fuhr unter einer Autobrücke hindurch. Die Gleichzeitigkeit der Schienenwege und der Straßen, das Über- und Ineinander der Verkehrswege, ihr Verschlungensein, ihre Parallelnatur.

Es war 15.30 Uhr. Er hatte noch nichts gegessen.

Am Morgen hatte er nur einen Espresso getrunken. Alva rührte Florinda ein Müsli in einem Glasschälchen an. Sie gab einen Löffel Quittengelee hinzu. Und er sah, daß sich Alva auch nichts zu essen nahm. Sie trank Milchkaffee aus einer Schale mit Punkten, ihre Hände hielten die Schale in einer Geste der Zärtlichkeit. Vielleicht schwindelte ihn auch deshalb, weil er nichts gegessen hatte. Manchmal vergaß er zu essen. Wenn er anderes verdaute, dachte er jetzt. Aber es war nichts geschehen. Schließlich waren sie aufgeklärte Menschen. Alva war unkompliziert. Sie sah ganz ruhig aus, heute morgen am Bahnhof. Wie sie immer ruhig aussah.

Am Morgen.

Wie erwartet war der Speisewagen fast leer. Im Hintergrund tippte ein einzelner Herr in dunklem Jackett auf die Tastatur eines Laptops. In der Haltung des Schreibens glänzte seine Glatze. Baran setzte sich im Abstand von zwei Tischen einem jungen Mann gegenüber, der auf sein Handy sah, einen Kopfhörer im Ohr. Sein Kapuzen-Sweatshirt trug den Schriftzug: Harvard University Cambridge, MA. Baran wußte, daß es in Harvard eine Buchhandlung gab, die nur Lyrik verkaufte. Cla hatte es ihm erzählt, als sie einmal über Kavafis-Übersetzungen sprachen. Cla fehlte ihm. Sein Wissen fehlte ihm, seine Sätze, seine Hände. Jetzt in diesem Speisewagen mit den lakenweiß eingedeckten Tischen. Und überhaupt. *Das Bett stand am Fenster. Die Nachmittagssonne erreichte es bis zur Hälfte.* Er mochte diese Kavafis-Zeile sehr. Sie sagte nicht zu deutlich, daß hier zwei miteinander den Nachmittag im Bett verbracht hatten. Die Zeile sprach nur von der Nachmittagssonne, die die Hälfte des Bettes erreichte. Wer aber sollte das wissen, wenn nicht der, der hier mit einem Geliebten einen Nachmittag zusammen war, Stunden, in denen die Sonne wanderte. Er mochte es, wenn Kavafis direkt war – *dann ging er nach Smyrna, Arbeit suchen, und wir sahen uns nicht mehr* –, und er bewunderte sein erotisches Taktgefühl, das unerwartet einen Fächer aufschlug für die Tageszeiten der Liebe.

Der Harvard-Junge war hübsch. Seine Brille mit den kreisrunden Gläsern stand ihm. Jetzt bestellte er beim Kellner *Spinatspätzle*, nein, zum Trinken brauche er nichts. Baran sah in die Speisekarte. Die Spinatspätzle wurden mit *Rauchkäse-Soße* angeboten. Baran entschied sich, *Backhendlsalat* zu bestellen. Er wollte dieses Wort aussprechen. Aber der Kellner hatte sich schon entfernt. Der Junge hielt seinen Blick wieder konzentriert auf sein Handy gerichtet, vermutlich schaute er einen Film. Als der Kellner mit seiner Speise kam, wiederholte er, daß er nichts zum Trinken brauche, und legte das Handy weg. Baran bestellte. Und lehnte sich zurück.

Der Junge hatte zu essen begonnen. Langsam, aber ohne abzusetzen. Nun griff er nach der Speisekarte und begann, kauend in ihr zu blättern.

Radstadt, ohne Ansage. Ein weißes Bahnhofsgebäude mit schmalen Eisensäulen vor dem Portal. Eine Wiese voller brauner Hühner.

Der Harvard-Junge war gut erzogen, doch er hatte Hunger. Er nahm mit Messer und Gabel schon die nächste Spinatspätzlefuhre, während er noch kaute. Manchmal strich er das Messer an der Gabel ab. So aß er in manierlicher Gier.

Ein schwarzes Auto fuhr auf Höhe des Speisewagens, eine ganze Weile lang. Es verschwand, war da, ein Audi. Autokennzeichen Linz. Die lächerliche Idee einer Verbundenheit, nur weil das schwarze Auto immer wieder am Fenster erschien. Baran konnte nicht erkennen, ob ein Mann oder eine Frau am Steuer saß.

Der Harvard-Junge hatte aufgegessen. Und sah über den Tisch, als würde er dieselbe Portion noch einmal vertragen. Aber er bestellte sie nicht, und er bestellte auch nichts zum Trinken. Jetzt hatte er wieder den Stöpsel im Ohr. Und sprach.

Mandling, ohne Halt. Wieder Liftanlagen. Das waren alles Skigebiete.

Jo, jo. Mir geht's gut. Jo, des woar kurios! Na, des dorfst mi net frogn. Jo, jo, jo. I woar fertig, bin um drei Uhr los. I woar fertig. Irgendwos is passiert, hob i no dacht. Du, des kann ois sein. Jo. Ois is möglich. Jo. Viertel noch sechs komm i an. Dann geh i noch in die Therme.

Loipersdorf, ohne Halt. *I hob im Zug wos gessen. I meld mi vielleicht. Ich waas net, wann i kumm. Sonst sehn mia uns morgen aufn Kaffee. Jo, jo. Gut, gut, gut. Super. Jo, jo, jo.*

Bahnhof Schladming. *Schau mer mal. Dann wünsch i dir was, und mia sehn uns morgen.*

Alte Höfe, moderne Fabrikanlagen, Baumärkte, ein Autohaus. Das Salzburger Land hatte aufgehört, sagte das Handy. Er fuhr jetzt durch die Steiermark. Und aß den *Steirischen Backhendlsalat mit Krenpanier.*

Als er in sein Abteil zurückkam, saß ein Kind mit Kopfhörer auf dem Platz neben der Werklehrerin, ein Junge, vielleicht elf Jahre alt. Er setzte sich neben ihn, weil er sehen wollte, was das Kind auf seinem Tablet spielte. Er schaute erst aus dem Fenster, Wiesen, ein Hügel, eine Kapelle, mittelgebirgshaft, endlich. Doch am Horizont immer wieder Schneeriegel. Als er spürte, daß seine Anwesenheit im Abteil nicht mehr wahrgenommen wurde – der Lehrer, ihm schräg gegenüber, las wieder in seiner Zeitung –, senkte er den Blick auf den Bildschirm des Kindes. Eine Leuchtschlange fraß Punkte. Wurde größer, wurde kleiner. Die Punkte wurden mehr, wurden weniger.

Gemüsegärten, Birkenspaliere. Stainach-Irdning, Abendsonne jetzt, ein blauer Schleier am Himmel. *Bestattung Heidi*, dann *Billa*, ein *Lebenshilfe*-Plakat, ein Baumarkt, ein Autohaus, ein Hotel mit Bankomat.

Nun keine Punkte mehr, die Leuchtschlange blieb übrig; sie hatte gesiegt. Das Kind schaltete das Tablet aus.

Liezen, ein Busplatz, Glanz in den Weiden am Wasser, die strahlenden Stämme der Birken.

Selzthal. Ein Bahnhofsgebäude in einer Holz-Eisen-Konstruktion aus einer Zeit, da das Zugreisen eine Aura der Eleganz umgab. Hier mußten mehrere Bahnlinien zusammenkommen. Verschiedene Gleissysteme kreuzten, es gab eine Lokremise, eine Gleisdrehscheibe. Stellwerke, Montagehallen, Depots. Als der Zug wieder anfuhr, hatte er seine Richtung geändert. *Stürzen* fiel ihm ein. Eine Richtungsänderung des Zugs konnte auch Stürzen heißen. Die Idee dabei war wohl, etwas auf den Kopf zu stellen. Umzudrehen. Man *stürzte* ja auch einen Kuchen, wenn man ihn aus der Backform herausbekommen wollte, auf ein Gitter. Ließ ihn abkühlen. Um ihn nochmals auf eine Kuchenplatte zu stürzen, wo er dann wieder richtig stand. Stürzen mußte nicht Absturz sein.

Holzlager, Bretter in Stapeln, geschälte Baumstämme. Schrebergärten im sinkenden Licht. Verfallene Ställe, Häuser ohne Fenster. Das Ländliche kannte verschiedene Schattierungen von Reichtum und Armut.

Mautern. Windschiefe Bäume, Pappeln, Sumpfzypressen, die einen Fluß säumten. Der Karte nach war es die Mur. Ein schmutziges Kirchlein in einem schmutzigen Dorf. Das Abbröckelnde.

St. Michael, mit Ansage.

Das Kind hatte seinen Kopf gegen die Werklehrerin gelehnt. Sie war nicht abgerückt. Es würde in Leoben aussteigen. Der Lehrer hatte es gefragt.

Und endlich schienen die hohen Schneeberge vorbei. Mit dem Abend senkte sich eine Milde auf die Landschaft. Wiesen, Auwälder, grüne Anhöhen. *Und die Hügel Gerechtigkeit.* Das Kind telephonierte. Es sagte seiner Großmutter, daß es jetzt aussteige.

Leoben. Das Kind nahm seinen Turnbeutel und ging. Es

reiste nur mit einem Turnbeutel. Es würde bei der Großmutter übernachten. Kleines Waschzeug vielleicht, einen Schlafanzug, sein Tablet mit den Spielen. Würde ihm die Großmutter etwas vorlesen, vorlesend etwas erzählen?

Florinda schlief vielleicht schon. Vielleicht saß Alva noch an ihrem Bett. Würden sie von ihm sprechen? Würde er ihnen fehlen? Gut, sie hatten einen Sommer zusammen verbracht. Was war ein Sommer?

Eine Woche hat sieben Nächte.

Es waren drei Nächte gewesen.

Von Bruck bis Graz fährt man links! Sonst fährt man in ganz Österreich rechts, daß sie das nicht hinbringen! Der Gymnasiallehrer hatte seine Zeitung auf den Schoß gelegt und sah aus dem Fenster. Seine Frau blieb weiter in ihr Kreuzworträtsel versunken. Er nahm die Zeitung wieder hoch. Und Baran gestand sich ein, daß ihm das nicht aufgefallen war, daß die Bahn nun auf einer linken Gleisseite fuhr.

Der Zug lief unter einer Brückenkonstruktion hindurch, über die vier oder fünf Fahrbahnen in Schlaufen verbunden wurden. Flußauen der Mur. Eine Schleuse. Das Areal einer Papierfabrik. Gepreßte Papierstapel, Berge von Sägespänen. Kamine, aus denen Dampfsäulen stiegen. Hallen. Ein Einkaufszentrum, ein Baulager. Ein Sportzentrum. Ein Fußballplatz, mit Flutlicht. Das Training hatte noch nicht begonnen, aber erste Spieler liefen schon über den Platz.

Auf einmal die Sehnsucht, dort dabeizusein. In dieser Dorfmannschaft vor Graz, die an sich glaubte. Das Einander-Zuspielen, saubere Pässe, und der kleine Matze traf ins Tor! Das Geräusch des Balls im Netz, schon begleitet vom gemeinsamen Jubel. Und wenn es nicht gelang, war man mit der Enttäuschung nicht allein. Aber das nächste Mal würden sie es schaffen. Diese Droge, ein Wir zu sein. Eng auf Holzbänken hocken. Die Beine, die Knie berührten sich. Unschuld. Gut, das Umziehen, das Duschen, das war eine Gratwanderung von Nähe, Scham, Verbot.

Wie jung er gewesen war, damals in Düsseldorf, ein fremdes Kind, Deutsch sprechend zwar, aber doch ein Grieche, ein Türke, irgendwas Dunkles. Und an der Schwelle zum eigenen Dunkel. Sich-fremd-Werden. Sich finden. *Stürzen.* Pubertät, sagte der Ethiklehrer, der immer in einer Aura von Anis sprach, weil er Lakritzschnecken kaute, damit man nicht roch, daß er trank. Aber im Schweiß der Kabinen, im Zusammenspiel auf dem Platz hatte er begriffen, daß ihn Jungen anzogen, daß er begann, das zu empfinden, für das er das Wort Begehren noch nicht kannte.

Ja sicher, die Mädchen, in den gerippten T-Shirts, wenn sie Gummitwist spielten mit wippenden Pferdeschwänzen und kleinen wippenden Brüsten. Aber eben, und da war er sicher gewesen, noch bevor ihm ein Schamhaar wuchs: Jungen auch.

Nächster Halt Graz. Es war die Endstation des Transalpin EC 163. Baran sah auf die Uhr. Der Zug war pünktlich. Er würde

18.14 Uhr ankommen. Auch der Harvard-Junge würde aussteigen. Und in die Therme gehen. Ging er allein? Kaum. Ein schöner Junge ging am Abend nicht allein in die Therme. Wen würde er treffen? Von wem würde er der Mutter morgen beim Kaffeetrinken nichts erzählen?

4. Graz – Maribor

Er hatte das Gleis gleich gefunden und den Anschlußzug um 18.39 Uhr nach Zagreb gut erreicht. Auf dem Bahnsteig hatte ihn eine kleine Frau angesprochen, deren schwarzglänzendes Haar, um seine Schütterkeit zu verbergen, etwas hochtoupiert war: Nach Slowenien? Er hatte sie kurz verwundert angesehen und dann genickt.

Bei Spielfeld-Straß würde der Zug die Grenze zu Slowenien passieren. Und bei Dobova nach Kroatien kommen. Auf der Tafel am Gleis hatte er nachgesehen, wo der Speisewagen war.

Er hatte seinen Koffer auf den Stuhl neben sich gestellt. Im Waggon saßen keine anderen Gäste. Er war nicht sicher, ob er bedient werden würde. Auf den Tischen standen kleine Lämpchen mit grünen Milchglasschirmen, deren Lichtkegel auf die spiegelnden Resopalflächen fielen. In den Scheiben vervielfachten sie sich. Der Zug fuhr an.

Er war keine zehn Stunden unterwegs und doch schien ihm, er sei ein anderer als noch heute morgen, als er Alva am

Bahnhof von Chur aus dem Zugfenster heraus die Hand gegeben hatte. Zum Abschied, nach einem Sommer und drei Nächten.

In vier Stunden würde er in Zagreb sein.

Mach doch einen Halt in Zagreb, hatte Cla gesagt, als er wußte, daß sie nicht zusammen von Chur zurück nach Istanbul reisen würden. Mit nacktem Oberkörper stand er in Alvas Bad und rasierte sich.

– In Zagreb gibt es so ein irres Museum. Das findest du sonst nirgends. Ein Museum der zerbrochenen Beziehungen!

Er hatte nicht verstanden.

– Sie sammeln dort Gegenstände und Geschichten aus der ganzen Welt. Menschen senden Dinge ein und schreiben kurz etwas zur Geschichte dieser Dinge. Zur Geschichte einer gescheiterten Liebe.

– Und was sieht man?

– Eine Frau schickte ein Fahrrad, das sie an gemeinsame Radtouren erinnert. Ein Mann sandte eine Stehlampe und erzählte vom Verrat seines Freundes. Ein Brautkleid ist auch ausgestellt, in einer Vitrine an einer Puppe ohne Kopf. Die Frau konnte es nicht tragen, weil ihr Bräutigam bei einem Attentat ums Leben kam.

Cla schabte sich den letzten Rasierschaum aus dem Gesicht.

– In der Türkei, in Istanbul. Ich glaube, es war kein Attentat, ich glaube, es war beim letzten Putschversuch.

Er spülte den Rasierstab aus.

– Ein Neuseeländer schickte Haut! Haut, ein getrocknetes Stück von einer Wunde seiner Freundin. Er hatte die Idee gehabt, sie einmal klonen zu wollen. Er wußte schon, daß das eine absurde Idee war. Liebe macht ja auch absurd. Und man weiß es.

Cla wendete sein Kinn im Spiegel.

– Es gibt auch Teebeutel und Tätowiernadeln. Und gefaltete Kraniche, die an ein totes Kind erinnern. Einkaufszettel. Eine Popcorntüte, einen Dachziegel. Und natürlich einen selbstgestrickten Schal und die Postkarte aus Heidelberg.

Cla griff nach dem Rasierwasser, die grüne Zapfenflasche Pino Silvestre, gab sich ein paar Tropfen in die Hand, klatschte sie gegen seine Wangen. Er benutzte dieses Rasierwasser seit einer neuen Affaire, die schon wieder vorbei war oder zumindest nicht mehr so wichtig.

Er mochte Cla am liebsten ohne Parfüm.

– Alles kann Liebeszeichen sein. Cla prüfte sein Profil. Das ist so verrückt. Ein Museum aus Essenzen von Liebesromanen.

Jetzt drehte er sich weg vom Badezimmerspiegel und schnipste ihm einen Spritzer Pino Silvestre entgegen.

Er war zurückgewichen. Ein Glücksstich durchfuhr ihn, der ihn irritierte.

– Und ich soll hingehen – er wischte sich den Tropfen Rasierwasser von der Stirn – und mich in diesem Museum inspirieren lassen und überlegen, was ich schicken sollte, von uns? Von dir?

Und nun roch auch er nach Pino Silvestre. Wie die Affaire, die schon vorbei war oder nicht mehr so wichtig.

Cla schraubte die Pinienzapfen-Flasche zu.

– Jetzt spinn nicht! Aber all diese Gegenstände mit ihren Geschichten sind doch interessant. Sie zeigen, daß eine Beziehung nur zerbrechen kann, wenn es eine Beziehung war. All diese großartigen und absurden Dinge sind Zeichen von Intensität. Man muß in der Liebe gesiegt haben, um scheitern zu können.

Es war schon dunkel. Vor den Scheiben blitzten jetzt Lichter wie Sprühfunken vorbei. Wo war die Leuchtschlange, die Punkte fraß?

Auf einmal fühlte er sich leicht. Vor-bei, vor-bei. Und vielleicht war es das Kind mit dem Turnbeutel, das nun bei seiner Großmutter ein Abendbrot bekam, vielleicht war es das Licht der Lämpchen und das rüttelnde Fahren des Zuges, jedenfalls geriet er in diesen Zustand einer sanften Narkose, die ihn in Zügen öfter überkam. Und schon hatte er sich vergessen, vorbei, vorbei, vorbei. Und kam langsam zu sich zurück.

Seine griechische Großmutter. Minze, Oregano, all die vielen Kräuter, deren Namen er nicht kannte, an den Ausläufern des Taygetos-Gebirges. Die schmalen Ziegen, die diese

Kräuter aßen. Seine griechische Großmutter, die in der Steingasse mit den Geschlechtertürmen wohnte. Wie sie die Hühner scheuchte. Hühner im Häuserschatten. Seine griechische Großmutter in der fensterlosen, aus Bruchsteinen gemauerten Küche, in die das Licht nur durch die Tür hereinfiel. *Eine Maniotin*, hatte seine türkische Mutter tonlos bemerkt, wenn von ihr die Rede war, als sei damit alles gesagt.

Und er sah seine kleine Großmutter, dieses winzige Weiblein in Schwarz mit langen Ohrläppchen, an denen goldene Kreolen hingen. Und er sah, wie sie sich ein Gänseei dicht vor die Augen hielt, es wieder entfernte und dann – den Suppenlöffel in der anderen Hand – gegen die Schale schlug, daß sie splitterte. Sie brach den oberen Schalenteil ab, und ließ in einer Kippbewegung zugleich den Dotter in seiner Eiweißhülle in die heiße Blechpfanne gleiten. Es zischte im Fett. Und noch ein Ei. Zisch! Dazu lächelte sie wie eine Magierin; um ihren Mund glänzte ein Kragen von Fältchen.

Sie öffnete den Deckel des Emailletopfs, der auf einem Bord neben dem Ofen stand, griff hinein, entnahm ihm mit den Fingerspitzen etwas Salz und streute es über die brutzelnden Eier, als segne sie ihre Speise. Für dich, Poulaki mou! Er spürte ihre Lippen auf seiner Stirn, ein leises Kratzen wie von Pergament.

Baran schreckte hoch. Der Speisewagenkellner stand neben ihm. Er mußte ihn etwas gefragt haben. Ein Spiegelei, sagte Baran, in Olivenöl gebraten. Nein, zwei Eier, zwei Gänseeier.

Der Kellner legte den Kopf schief. Er bedaure. Er serviere nur noch Getränke, und dies sei die letzte Bestellung, die er aufnehme. Er müsse die Abrechnung machen. Er steige bei der nächsten Haltestelle aus. Baran setzte sich gerade und bestellte ein Bier.

– Ottakringer oder Laško?

– Laško bitte. Zwei Flaschen. Baran zog seinen Geldbeutel aus der Gesäßtasche. Er bezahle dann auch gleich.

Poulaki hieß Vögelchen. Und, das wußte er damals schon (aber nicht von seiner winzigen Großmutter), auch Schwanz.

Es waren griechische Tage, in denen es nach Feuern aus feuchtem Holz roch und nach Trester bei den Tsipouro-Destillerien, die sich die Bauern am Rand des Dorfs zusammengebaut hatten. Und es waren Jahre, in denen man Kindern einen Finger hinstreckte, getaucht in die frischen Brände, und sich vor Lachen bog, wenn sie ihn ableckten und, das Gesicht verzogen, hustend schmeckten. Aber die Kinder spielten mit. Und wenn sie schließlich in einer Tapferkeit, von der sie glaubten, daß die Erwachsenen es so wollten, vorsichtig vom hingehaltenen Glas nippten, schlug man ihnen auf den Rükken. Männer schon fast!

Die Rauchschwaden aus den offenen Feuern verbanden sich mit der Nebelfeuchte, die von den Wiesen aufstieg. Am Himmel waren die ersten Sterne zu sehen, und die Dämmerung über den Hügeln der Mani glomm noch einmal auf in einem letzten Phosphorlicht.

Und die blauen Augen des Onkels mischten sich mit dem Blau der Flammen, die aus den Holzscheiten fuhren. Poulaki mou, hatte auch der Onkel gesagt, ihn auf den Schoß genommen und ihm seine Hand zwischen die Beine gelegt. Die Hand war stark und warm. Er hatte schon onaniert. Heimlich. Aber die Hand des Onkels öffnete eine andere Welt. Er hielt still. Er war erregt. Und er schämte sich. Er lief davon. Und er hatte es vergessen. Der Sommer war vorbei.

Bald waren sie wieder nach Düsseldorf gefahren. Er und sein Bruder, und die Mutter trug ein wadenlanges Nachthemd mit Rosen im gemeinsamen Bett.

Der Speisewagenkellner brachte zwei Flaschen Bier. Baran sagte, er brauche kein Glas, und bezahlte. Auch sein Bruder hatte auf dem Schoß des Onkels gesessen. Sie hatten nicht darüber gesprochen. Er nahm einen Schluck. Mißbrauchte Kinder, hatte er gelesen, neigten dazu, als Erwachsene bindungsunfähig zu sein. War er mißbraucht worden? Er war erregt gewesen, und er hatte sich geschämt.

Einmal war der Onkel auch zu ihm in den Hühnerstall gekommen. Beim aufgeschütteten Heu, das die Großmutter dort für die Ziegen hatte. Also, es war auch ein Stall für ihre zwei Ziegen, die sie morgens und abends molk. Wenn er allein sein wollte, war er zu den Ziegen gegangen. Auch zum Lesen am kleinen Fenster. Im Licht flimmerte der Heustaub.

Der Onkel hatte nach Papastratos gerochen, den Zigaretten, die die Männer im Dorf rauchten. Nach Papastratos und

Schweiß. Er hatte diesen Geruch gemocht. Ein Erwachsenengeruch. Und dann war da noch ein anderer Geruch gewesen. Später, als der Onkel seine Hose wieder schloß. Seine Hose hatte Hornknöpfe am Schlitz. Sie war aus festem Stoff, taubenblau. Der neue Geruch war auch an seinen Händen. Er hatte das alles vergessen. Es war ja auch schön gewesen, es war nicht schlimm. Warum hatte er sich geschämt? Den Bruder hatte er nicht mit dem Onkel im Stall gesehen. Es war auch ein Geheimnis. Und daß der Onkel etwas Besonderes aus ihm machte.

Der Zug wurde langsamer, fuhr an leeren Loren, dann eine Weile an Waggons mit Containern entlang. Der Bahnhof von Spielfeld-Straß. Hier würde der österreichische Kellner aussteigen. Zwei Frauen betraten den Speisewagen. Sie setzten sich einander gegenüber. Eine nahm zwei kleine Flaschen Rotwein und zwei Plastikbecher aus ihrer Tasche. Die zweite stellte eine Büchse Erdnüsse dazu auf den Tisch. Der Zug stand noch.

War er bindungsunfähig? Er hatte Frauen und Männer geliebt. In Leidenschaft oder zufällig, aus Langeweile oder einer Laune heraus. Hatte er manchmal mit seinem Körper bezahlt? Für Nähe, Schutz, für Unterstützung, dafür, dabeisein zu dürfen? Er wußte es nicht. Er hatte sich das nie gefragt. Es war nicht schlimm gewesen, es war auch schön gewesen. Er hatte geduscht. Er mochte Menschen, Körper interessierten ihn. Hatte er gedacht.

Und nun war Cla bei ihm. Und es hatte sich diese seltsame Gleichgültigkeit anderen Männern gegenüber eingestellt. Ein wenig erstaunte ihn das doch. Er dachte nur an ihn. Er spürte nur ihn. Sex war er. Und je länger sie zusammen waren, umso mehr. Es klang so blöd, aber er hing an Cla. Und Cla hatte sich entfernt. Nicht wirklich entfernt, aber er ging auch mit anderen Männern. Das war ja in Ordnung. Das hatte er selbst immer gesagt, daß das in Ordnung sei. Das waren die Spielregeln der Szene, die er besser kannte als Cla. Es gab keinen Grund für Kleinlichkeiten.

Aber es tat ihm weh. Und er schämte sich, daß es ihm weh tat.

Und jetzt Alva.

Der Zug fuhr an und beschleunigte. Durch die Spiegelbilder der Lämpchen auf der Fensterscheibe sah er hinaus. Draußen also, da zog nun eine slowenische Nacht vorbei. Eine ehemalige sozialistische jugoslawische Nacht, eine Nacht des Königreichs Jugoslawien, eine Habsburger Nacht, eine Nacht des Herzogtums Krain, eine Nacht des Heiligen Römischen Reichs, eine Nacht Karantaniens. Blitzlichter auf dunklen Ebenen. Und noch früher, welche Nächte noch? Wenn die alten Namen zurückkamen, überblendeten sie die Landschaft, tauchten sie ein in das Gespenstische von Geschichte.

Die Frauen hatten sich Wein eingeschenkt. Sie aßen Erdnüsse dazu. Mit lackierten Fingernägeln griffen sie in die Büchse. Die Nägel der Frau rechts waren orangefarben, die der Frau links waren fast schwarz. So bildeten ihre Finger ein Ballett über den Nüssen. Die Frauen schienen vergnügt. Beide waren leicht geschminkt, vielleicht falsche Wimpern, vielleicht auch nicht. Seine Wimpern waren ja auch echt. Und vermutlich länger als die ihren.

Baran nahm einen Schluck Bier, dann sah er wieder über den Gang, sah zu den Frauen, die einander zuzwitscherten. Ihre Stirnen waren hell und glatt, ihre Haare getönt. Rechts rötlichbraun, links dunkler. Er verstand nicht, was sie sagten. Vermutlich waren sie Sloweninnen. Sie mochten Mitte, Ende Vierzig sein. Vielleicht Verkäuferinnen, Kassiererinnen, die in Österreich arbeiteten, weil die Löhne dort höher waren.

In ihrer Heiterkeit waren sie müde. Sie hatten kein Gepäck, nur Taschen, die für einen Tag taugten. Sie würden zu ihren Männern, zu ihren Kindern fahren. Für die sie noch kochten, etwas Schnelles. Aber doch kochen. Und das war ja auch gut, auch wenn sie müde waren. Sie liebten ihre Männer, ihre Kinder. Es gehörte dazu, am Abend gemeinsam zu essen. Ja, wie konnte er das vergessen: Sie hatten die Suppe schon vorgekocht. Hühnerherzensuppe mit Perlgraupen. Sie mußten sie nur aufwärmen. Sie hatten alles bedacht, auch den Zwiebelsalat, an den sie einige Tropfen Kürbisöl gaben. Damit der Familienabend gelinge. (Und sie wußten, daß er oft nicht gelang. Das Geschrei der Kinder, und die Schwiegermutter klagte, der Sliwowitz. Die aus dem Nichts losbrechende Wut des Mannes, der doch ein guter Mann war.)

Aber jetzt, zwischen Graz und Maribor, hatten sie diesen Wagen, diese Weile für sich allein.

Der Zug fuhr durch ihre slowenische Nacht. Mit einem

Schluck Rotwein, Erdnüssen und einer Handvoll Sätzen, die sie sich sagen konnten über ihren Tag. Wen sonst interessierte, was sie taten? Im Service, an Supermarktkassen. Sie fanden das ja selbst langweilig. Und sie gaben dem täglichen Nichts seinen Glanz, indem sie sich davon erzählten. Und dann war es doch kein Nichts mehr, es waren ihre Geschichten.

Ja, vermutlich stiegen sie in Maribor aus.

Draußen nun Siedlungen wie schwimmende Inseln in einem schwarzen Meer. Bahnhöfe, an denen der Zug nicht hielt. Baran hob das Bier an, aber die erste Flasche war leer. Erst jetzt bemerkte er, daß ihm der Kellner einen Öffner auf den Tisch gelegt hatte.

Sie waren am Küchentisch gesessen. Florinda schlief schon. Sie tranken Bier. Calanda. Calanda, nach dem Churer Berg. Wie man in der Türkei Efes trank, nach Ephesos. Er war auf das Haus der Maria gekommen. Auf Johannes und Maria, die dort zusammen lebten. Hatte Johannes Hasen für Maria gejagt und das Hasenfell präpariert für ihre Schulter? Hatte Maria Hasen gegessen, oder war sie Vegetarierin? Sie lebten auf kargem Land. Warum sollten sie da keine Hasen essen. Hasen vermehren sich schnell. 20 Junge im Jahr.

Alva hatte gelächelt. Immer habe man gute Gründe, etwas zu tun, was man vielleicht nicht tun wollte. Nicht tun sollte.

Sie hatten geschwiegen.

Du ißt Fleisch, hatte er schließlich gesagt. Wir alle essen Fleisch.

Ja, hatte Alva geantwortet.

– Möchtest du Vegetarierin sein?

– Ich denke dran. Und Florinda und ich essen nicht oft Fleisch. Manchmal sage ich mir, daß es viele Tiere nicht gäbe, wenn wir sie nicht essen würden. Eine Ziege, die geschlachtet werden soll, hat ein kurzes Leben. Aber sie hat ein Leben.

Sie lehnte sich zurück. Ich kaufe Fleisch auf dem Markt, bei Bauern, die ich kenne. Aber am liebsten esse ich Wild aus unseren Wäldern.

– Du denkst, die Rehe leben glücklich, bis der Jäger schießt.

Ich hoffe, sagte sie, daß der Jäger sicher trifft.

Später hatten sie die Sichel des zunehmenden Monds durch das Dachfenster gesehen.

Warum hatte er es getan.

Warum ausgerechnet mit der Ex seines Geliebten? War auch ein Spurenelement von Rache dabei? Weil Cla ihn betrog. Weil er nicht mehr der Einzige für ihn war? Weil er ihn insgeheim auch verletzen wollte, wie er ihn verletzte? Auch wenn er sich das nicht zugestehen mochte. Ja, Cla verletzte ihn mit seinen dauernden Affairen. Nein, er konnte nicht wirklich gut damit umgehen. Und was schlimmer war: Cla entfernte sich. Er, Baran Anatol Chronas, der süße türkisch-griechische Proletarier mit Deutschkenntnissen war der Schlüssel gewesen in die Welt der homosexuellen Männer. Nun war die Tür offen. Und Cla genoß diesen neuen Raum.

Die Lichter von Siedlungen mehrten sich. Die Nacht wurde fahl. Die slowenischen Frauen hatten ihre Taschen genommen. Der Zug fuhr in eine überhell ausgeleuchtete Bahnhofsanlage ein.

Maribor. Baran sah über Gleise, die glänzten, als seien sie naß. Auf dem Bahnsteig standen blaue Bänke, Artefakte unter Neonröhren. Niemand saß darauf. Er nahm sein Handy und machte ein Photo. Es waren kaum Menschen unterwegs. Dabei war Maribor nach Ljubljana die zweitgrößte Stadt Sloweniens. Und nun diese Kulisse wie für eine Oper!

Wie für eine Oper von Alban Berg. Er beobachtete, wie ein Mann mit Strohhut ohne Gepäck den Bahnsteig querte, zurückging, und noch einmal wendete. Eine Frau in einem roten Mantel verschwand durch die Tür der Bahnhofshalle. Als man sie nicht mehr sah, sah man doch noch das Rot. Er hätte sie photographieren sollen.

Sie waren in Lulu gewesen. In Zürich. Alva hatte einen knielangen Rock getragen. Und einen weißen Pullover darüber. Der Rock fiel glockig. An sein Muster konnte er sich nicht mehr erinnern. Irgendwie bunt, eher hell. Hohe Schuhe. Und wenn sie die Beine übereinanderschlug, sah er eines ihrer Knie. Braungebrannt wie ihre Beine, ein schmales Knie, über einem schmalen Unterschenkel. Ihre Beine waren schlank und muskulös. Es waren die Beine einer Alpinistin.

Es war ihre Idee gewesen, nach Zürich in die Oper zu gehen. Sie war mit einer Schlagzeugerin im Opernorchester befreundet und bekam leicht Karten, die nicht viel kosteten. Sie mochte Alban Berg. Er kannte ihn nicht. Er hatte sich erst einhören müssen. Florinda hatten sie zu einer Kletter-Freundin in Chur gebracht, die die Kleine gerne für eine Nacht nahm. Alva vertraute ihr am Seil; sie vertraute ihr auch das Kind an.

Nach der Oper waren sie wieder mit dem Zug zurückgefahren. Es war eine blaue Nacht gewesen. Sie hatten kaum gesprochen. Zürichsee, Walensee, das Rheintal. Die schneebedeckten Gipfelzüge des Calandamassivs.

Vom Churer Bahnhof aus waren sie die wenigen Schritte zu Fuß nach Hause gegangen. Der Quittenbaum im Garten wurde von einer Straßenlaterne beleuchtet. Er zeigte Schattenspiele, die man am Tag nicht sah. Schau, der Quittenbaum, hatte sie gesagt und das Gartentor geöffnet. Dann die Haustüre.

In dieser Nacht hatte er ihre Kniekehlen geküßt. Fast nur das.

Es war ihre zweite Nacht gewesen.

5. Maribor – Zagreb

Pragersko, der Zug hielt. Ein blasses Bahnhofsgebäude in der Nacht. Gleise, Bogenleuchten, ein Flachbau in milchigem Licht. Der Zug fuhr an. Felder im Dunkeln, die sich mit Wäldern, Lichtungen mischten, zu Landstrichen verflossen, die wegkippten. Vorbei. Poljčane. Farben von Schwärze, Schatten. Dann erleuchtete Häuser. Wieder eine Stadt. Der Zug wurde langsamer, hielt. Celje, ein größerer Bahnhof, Trennwände aus Glas auf den Bahnsteigen, die blauen Bänke wie in Maribor. Aber bis auf einen jungen Mann in wattierter Weste und Jeans, einen Beutel in der Hand, der auf jemanden zu warten schien, waren keine Menschen zu sehen. Baran fuhr mit dem Finger die Karte entlang, suchte Celje. Von hier wären es wenige Stunden bis ans Meer, über Ljubljana nach Triest, nach Venedig. Der Zug fuhr an.

Er sah hinaus, ohne etwas sehen zu wollen. Vorbei, vorbei, vorbei. Eine Ruhe überkam ihn. War es das Bier, war es, weil er schon den ganzen Tag in einem rüttelnden Raum unterwegs war, er fühlte sich geborgen. Eine Eisenbahn war ein Zuhause. Hier waren alle fremd und durften doch da sein, dabei sein, bleiben. Es war wie in einem Museum, auch wie in manchen Kirchen, wie in vielen Moscheen mit ihren Teppichen, wohnlich. Alva hatte ihm erzählt, daß sie in Moscheen nach dem Winkel suche, in dem der Staubsauger stand. Meist finde sie ihn. Sie sagte, es seien immer Männer, die in Moscheen staubsaugten. Ihm waren Staubsauger und staubsaugende Männer in Moscheen nie aufgefallen. Ihm waren die vielen Uhren aufgefallen. Die Uhren an den Wänden, oft Geschenke von Gläubigen, die über die Gebetszeiten wachten.

Er versuchte, sich in den Rhythmus des Zuges hineinzuatmen, Teil dieses durch die Nacht fahrenden Eisenkörpers zu sein. Er hatte von Menschen gelesen, die in Zügen lebten, weil das billiger war als Miete zu bezahlen. Und Cla hatte ihm von einem Solothurner Schriftsteller erzählt, der ein Jahresabonnement für das Schweizer Streckennetz hatte und in den Zug stieg wie in sein Büro. Manchmal wenn ihm ein Bahnhof, eine Promenade an einem See gefiel, machte er einen Halt. Ging etwas spazieren und fuhr dann wieder weiter oder eben zurück.

Die Tür zum Speisewagen öffnete sich. Eine junge Mutter mit zwei Mädchen kam herein. Die kleine Familie mußte in Celje eingestiegen sein. Die Mutter sah, daß der Wagen nicht bedient wurde, ging aber doch mit den Kindern auf einen der Tische zu. Das ältere Mädchen rutschte auf einen Fensterplatz. Die Mutter nahm das kleinere auf den Schoß und setzte sich der älteren Tochter gegenüber. Das Mädchen auf ihrem Schoß war ganz in Rosa gekleidet, rosa Stirnband, rosa Anorak, auf seinem Kleid schimmerte ein rosa Schmetterling in Pailletten, rosa Leggins, rosa Lackschuhe. Seine kinnlangen Locken umrahmten sein Gesicht. Die drei sprachen nicht miteinander. Sie schauten, in sich versunken, vor sich hin, in drei verschiedene Richtungen. Sie waren müde und auf dem Heimweg.

Eine Schaffnerin betrat den Raum. Sie blieb vor der Mutter mit den beiden Mädchen stehen. Sie sagte nichts, ihre Erscheinung war Imperativ genug. Man gab ihr die Karten. Und ihre Antwort war das Druckgeräusch der Entwerterzange.

Als die stumme Schaffnerin den Speisewagen verließ, kam aus einem entfernteren Waggon ein Weinen. Baran horchte. Konnte man am Weinen das Alter eines Kindes hören? Er dachte an Florinda.

Babys schreien, Babys brüllen. Sie können auch greinen. Aber erst wenn Kinder größer waren, weinten sie. Mit zwei Jahren vielleicht. Und wenn sie geweint hatten, wenn das Weinen schon fertig war, dann gab es noch dieses Nachschluchzen. Als Kommentar zum erlittenen Schmerz. Wie man ihnen das hatte antun können, sie so zu verletzen, so zu beleidigen! Später verlor sich das. Bei Erwachsenen gab es manchmal nach dem Weinen, wenn sie denn weinten, noch einen Seufzer. Der letztlich akzeptierte.

Laško, kurz nach 21 Uhr. Der Zug fuhr langsamer, aber er hielt nicht an. Sie hatten jetzt eine Verspätung von 25 Minuten. Den Anschluß nach Belgrad sollte er trotzdem bekommen. Noch zwei Stunden bis Zagreb. Auf dem menschenleeren Bahnsteig leuchtete ein *Delikomat* mit Getränken und bunt verpackten kleinen Speisen. Wie eine Installation oder wie ein Altar für wer weiß welche Götter.

Das rosa Schmetterlingsmädchen hatte begonnen, im Speisewagen hin- und herzulaufen. Die Mutter ließ es gewähren. Warum meinte er eigentlich, daß die junge Frau die Mutter war? Weil sich die drei ähnlich sahen? Alle blond und blaß und schmal? Oder weil man selbstverständlich in Familien dachte. War die junge Frau alleinerziehend?

Und während der Zug ihn weiter durch die Nacht brachte, kam er auf den Gedanken, daß ja auch Alva noch ein Kind bekommen könnte. Sie war jetzt 38 Jahre alt.

Das erste Mal hatte er Alva in Istanbul gesehen. Sie mußte schon schwanger gewesen sein. Vermutlich war sie damals gekommen, um Cla zu sagen, daß er Vater werden würde. Cla, sein schöner Geliebter, der noch nichts ahnte, wollte ihm Alva vorstellen. Oder genaugenommen wollte er nicht so recht. Er selbst hatte es Cla mit Nachdruck vorgeschlagen, weil ihn interessierte, mit wem Cla so gut wie verlobt war.

Sie trafen sich im Stadtteil Eminönü, unweit des Marmarameers, vor der Kleinen Hagia Sophia. Alva war ein wenig vertraut mit Istanbul. Als Studentin hatte sie die Stadt öfter bereist. Auch später noch. Sie kannte die improvisierten Teegärten im grünen Innenhof der byzantinischen Kirche, die nun eine Moschee war. Sie wußte, daß die Kleine Hagia Sophia einst ein Probelauf gewesen war für die Architekten, die dann die große Hagia Sophia bauten.

Zu dritt saßen sie im Gartengeviert unter Bäumen, wo angrenzend in einem Kreuzgang Kunsthandwerker ihre zellenkleinen Ateliers unterhielten und Kopien von Koran-Illuminationen anboten, Keramiken, Schmuck. Er hatte Alva – mädchenhaft, in einem blauen Kapuzenmantel, Stiefel, die Haare offen – auf den ersten Blick sympathisch gefunden, vielleicht auch, weil sie signalisierte, ihn sympathisch finden zu wollen. Ihn, den Istanbuler Stadtführer ihres Verlobten Cla.

Sie saßen um eines der Blechtischlein, deren Farbschichten abblätterten, so daß unter einem Blau oder Grün ein Rot oder Orange hervorkam. Sie sprachen über Istanbul. Über die Panzerwagen in den Straßen, die man sah. Über die Inhaftierten in den Gefängnissen, die man nicht sah. Über die vielen Professoren und Künstler, die unter fadenscheinigsten Gründen verurteilt worden waren. Manche zu lebenslänglicher Haft.

Beim Sprechen spielten sie beide mit den Fingernägeln an der absplitternden Farbe, und als es ihnen auffiel, lachten sie sich an. Und steckten für einen Moment die Hände in die Taschen. Wie Ertappte.

Dann bot er Cla von seinen selbstgedrehten Zigaretten an. Und sie war erstaunt. Oh, du rauchst wieder! rief sie und lehnte sich auf dem Stuhl ein wenig spöttisch, ein wenig lasziv nach hinten.

Und Cla war kurz verlegen, zögerte. Nein, er rauche nicht. Nur eben jetzt, in diesen Wochen hier in Istanbul, wo er über Cusanus arbeite – er machte eine ausladende Bewegung mit dem Arm, als begrüße er die Luft und in ihr den Heiligen Geist des Mittelalters –, da habe er sich der doch eher mediterranen Lebensweise angepaßt und würde, wenn es sich eben ergebe, eine angebotene Zigarette nehmen. Im Engadin sei das dann wieder anders. Schließlich habe er das Rauchen aufgegeben.

Sie lächelte. Sie sagte nicht: Man findet immer einen Grund.

Er lächelte.

Und griff nach der Zigarette. Baran, sein Stadtführer (in ihren Augen), gab ihm Feuer, und er dachte dabei: Cla, ich gebe dir Feuer. Sie will nicht, daß du rauchst. Aber ich gebe dir Feuer. Und du inhalierst. Mit jedem Atemzug bin ich bei dir.

Sie sieht es, und sie sieht es nicht.

Alva wollte dann in die Zisterne. Immer wenn sie in Istanbul sei, sagte sie, gehe sie in die Zisterne. Das sei ein Ritual. Das Wasserreservoir lag nicht weit von der Kleinen Hagia Sophia entfernt. Sie liebe, sagte sie, dieses Bauwerk, sie tauche dort ein in das verlorene Byzanz. Und dann zuckte sie mit den Schultern, wie fragend, als fände sie das Wort *eintauchen* nun doch anmaßend und müsse ihrem Satz die Schwere nehmen.

Auch er ging manchmal in das unterirdische Speicherareal, wo einst frisches Wasser aus dem Belgrader Wald, nahe der Schwarzmeerküste, für den Großen Palast am Marmarameer gesammelt wurde. Kaiser Konstantin soll, nachdem er die Stadt gründete, die Anlage in Auftrag gegeben haben, doch erst Justinian konnte sie 200 Jahre später vollenden, gegen Mitte des 6. Jahrhunderts. Kann man alte Zeit riechen? Lange Säulenreihen standen im Wasser und verdoppelten sich in den Spiegelungen. Karpfendicke Fische schwammen hin und her; ihre Körper blitzten auf je nachdem, wie sie den Lichtkegel der Lampen kreuzten.

Und er mochte es, wenn die Nay-Flöte erklang, auch wenn ihr Lied aus Lautsprechern kam.

– Also gehen wir in den *Versunkenen Palast.* Alva stand auf.

In unser byzantinisches Atlantis, erwiderte er. Sie lachte, und er sah, daß sie Zähne hatte wie eine maniotische Ziege.

Man verabschiedete sich. Und zu zweit gingen die beiden weiter, Cla und Alva, ein schönes Paar. Aber in dem Moment, da er ihnen nachschaute, wie sie sich gleichen Schrittes, Hüfte an Hüfte, beide schmal, entfernten, hatte er gewußt, daß er, der Istanbuler Nobody, der Gastarbeiterjunge, doch der Mann war, zu dem Cla gehörte. Er sah es einfach. Und daß sie, die Schöne aus Chur, die Bewegliche, die Muntere, die Mutige, keine Macht mehr über ihn hatte.

Nur wußte Alva das noch nicht.

Und Cla und er, sie beide, wußten noch nicht, daß Alva schwanger war.

Das zweite Mal hatte er Alva gesehen mit einem Säugling auf dem Arm. Es war ein lauer Aprilabend in einem Teegarten am Bosporus gewesen, auf der asiatischen Seite, in Çengelköy. Cla und er kamen manchmal am Abend hierher, aßen mit Spinat gefüllte Blätterteigecken vom Blech, tranken Tee aus Tulpengläsern.

Alva wischte sich ihre im Wind fliegenden Haare aus dem Gesicht. Sie lächelte. Er meinte zu sehen, daß sie stolz war. Sie war nach Istanbul gekommen, um ihr Kind zu zeigen. Clas Kind, für das sie sich entschieden hatte. Gegen ihn, den Vater.

Das Kind trug ein rotes Seidenmützchen in Perlmuster gestrickt. Es war das Muster, das seine griechische Großmutter gestrickt hatte. Für Jacken und Pullunder, wie die Männer sie in den maniotischen Wintern trugen. Nur nahm die Großmutter Schafwolle, ungebleicht, selbstgesponnen. So wurden ihre Muster, auch wenn sie gleichmäßig waren, doch gröber als das Muster des Mützchens von Alvas Kleiner. Er wußte noch, daß er das Kind anlächelte, ihm zulächelte, aufmunternd. Vermutlich sagte er auch etwas. Vermutlich etwas Albernes, wie es Erwachsene tun, wenn sie Kontakt zu einem Säugling aufnehmen wollen. Und da schlug das Kind die Augen auf und sah ihn ruhig an. Und er erschrak.

Es waren Alvas Augen, sicher. Aber mehr noch, es waren Augen, die er von früher kannte. Die er schon viel länger kannte als Alva. Sie kamen aus dem alten Bilderbuch, durch die Zeiten hierher bis nach Istanbul. Es waren die Augen Konstantins. Konstantin des Großen, Gründer von Konstantinopel, den er kinderjahrelang geliebt hatte. Er roch das Papier. Seine Fingerspitzen erinnerten sich an die rauhe Oberfläche der Blätter, die an den Ecken schon etwas weich waren vom vielen Anfassen. Die Großmutter verwahrte das Buch in der Schublade ihres Küchentischs, wo sie auch ein mit Bindfaden geheftetes flaches Buch hatte mit handgeschriebenen Rezepten.

Es war einmal Byzanz. Es war einmal eine Knabenidee. Mit einem kindlichen Kaiser, dann einem jungenhaften Kaiser auf handkolorierten Bögen. Das Buch war in Thessaloniki gedruckt worden, als sein Vater noch ein Kind gewesen war. Es war eines der wenigen Bücher, die er besaß.

Er hatte Cla von dem Buch erzählt. In der blauen Küche, das Fenster stand offen. Die Möwen kreisten im Flug.

Die Nacht war laut. Eisen auf Eisen. Schläge von Rädern auf Schienen. Schienen, die sangen. Lichter, die sich in der Geschwindigkeit der Fahrt selbständig machten. In Blitzen ließen sie Gehöfte zurück, im Lampenschein kleine Siedlungen. Und wenn der Zug langsamer fuhr, konnte man in erhellten Fensterscheiben Schatten ahnen. Da lebten die anderen. Gossen noch die Pelargonien auf der Fensterbank, trockneten sich die Hände ab, schenkten ein Bier ein, stellten den Wekker für den kommenden Tag.

Dann wieder nur Nacht und Schläge und sein Gesicht in der Scheibe. Fahl. Er lehnte sich zurück.

Es war einmal eine nachtblaue Toga mit einem goldenen Mäanderband an den Rändern. Gerade Beine, die Knie mädchenhaft. Schuhe: keine. Haarschnitt: ein Pagenkopf. Konstantin hielt einen Reifen und einen Stock. Vor ihm auf dem Boden saßen Hühner. Man sah die Körner, die sie gleich pikken würden. Hühner aus dem 3. Jahrhundert nach Christus. Wenn es schnelle und langsamere Kinderbücher gab, mußte dies ein langsames gewesen sein.

Konstantin wuchs auf als Sohn eines Kriegsherrn und einer Stallmagd. Die Mutter saß auf einem Schemel und molk eine braune Ziege. Der Vater ritt mit einem Heer über eine von Schneebergen gesäumte Ebene. Wenn er heute daran dachte, erinnerte sie ihn an das Hochland von Konya.

Er hatte die Bilder immer wieder umgewendet. Und sich das Kind, den Jungen mit dem Reifen, angesehen, aus dem ein Kaiser werden sollte. Wußte er es schon? Und durfte nicht jedes Kind, das diesen Konstantin sah, glauben, auch etwas Besonderes zu sein. Und daß es der Kaiser seines Lebens werden würde, der seinen Reifen trieb, durch die aufstiebenden Hühner, den Feldweg entlang, und weiter und weiter.

Das galt auch für ihn, Baran, Sohn von Eltern, die in Düsseldorf am Fließband einer Gummifabrik arbeiteten, während er bei der türkischen Großmutter aufwuchs, in Giresun, am Schwarzen Meer.

Allein saß er unter dem Feigenbaum. Er roch die Süße und spürte das Rauhe der Seiten und blätterte um und sah und erinnerte sich, wie der Vater ihm dieses Buch immer wieder vorgelesen hatte. Und einige Wörter konnte er doch schon entziffern.

Allein saß Konstantin unter dem Olivenbaum und sah dem Vogelflug nach und las in ihm. Oder er streunte durch die Eichenwälder. Entdeckte äsende Tiere mit Geweihen, die ihm ihre Köpfe zuwendeten. Er war der Mutigste im Schwertkampf und der Geschickteste beim Reiten. Er brachte der Mutter Wasser vom Brunnen. Er hatte dunkle Augen wie sie.

Oha, hatte Cla gesagt, und war aufgestanden und ans Fenster getreten, Konstantin war deine erste Liebe. Soll ich eifersüchtig werden? Und er hatte sich am Fenster zu ihm umgedreht, sich ein wenig nach ihm gebückt, ihn am Kinn gefaßt und zu sich hergewendet und gesagt: Du weißt, daß ich auch reiten kann! Im Engadin gibt es Bauern, die Pferde züchten. Ich habe es früh gelernt. Ich reite ohne Sattel. Oder sagen wir, ich ritt ohne Sattel.

Er hatte sein Kinn losgelassen. Und sich wieder aufgerichtet und gegen das offene Fenster gelehnt, rauchend. Wie jung wir waren, wie unvernünftig! Wir ritten in den Wäldern wie die Irren.

Und Cla hatte gelacht. Ein Lachen, das selbstbewußt war.

Dieses Lachen hatte in Cla gesteckt. Aber jetzt erst hatte es sich gezeigt. Bei ihm in Istanbul. Und mag sein, Cla war nie so unvernünftig durch die Wälder geritten, wie es ihm nun schien. Denn vielleicht ritt er erst jetzt, in der Erinnerung, erstmals so unvernünftig durch die Wälder – Arven, Lärchen, Kiefern, ein moosweicher Boden, ein Graben, über den das Pferd sprang –, jetzt erst, als er ihm davon erzählte.

Wann erleben wir?

Auch er war aufgestanden und lehnte nun am Fensterrahmen.

Aber erzähl weiter von diesem Buch, hatte Cla gesagt, und was du darin gefunden hast, für dich. Und er war ihm mit dem Nagel des Daumens über die Lippen gefahren. Und diese leichte Berührung des harten Daumennagels auf seinen Lippen hatte sich in ihm in Wellen durch den ganzen Körper fortgesetzt. Und er hatte ihn begehrt, jetzt. Aber er hatte weitererzählt.

Als junger Feldherr stand Konstantin mit rot-goldenem Schild, goldenem Helm und Schwert auf einem Hügel und sah über das Land, durch das sich, dem Horizont entgegen, ein silberner Flußlauf schlängelte.

Cla war einen Schritt von ihm weg wieder näher ans Fenster getreten und hatte ihm, weiter rauchend, zugehört.

Vor seiner ersten großen Schlacht verharrte er an einer Mauer aus grob behauenen Steinen. Und, weißt du, über ihm ist so ein Lichtrad am Himmel gemalt. Das war der Sonnengott Sol! Sein herrlicher Wink zum Sieg. Aber auf der nächsten Seite sah das Zeichen ganz anders aus: Es zeigte sich als das flammende Kreuz der Christen!

Ich habe zurückgeblättert und wieder vorgeblättert, und wieder zurück und wieder vor, bis ich beide Zeichen übereinander sah.

– Dann hast du es gemacht wie Konstantin. Die Idee eines einzigen Gottes verstand er als persönliche Botschaft. Er würde der eine und einzige Weltenherrscher werden. Und die römische Göttergroßfamilie nahm er umstandslos mit, quasi als Geleit.

– Und wenn ich damals bei der Großmutter in Giresun im Hof saß und die Ziegen hörte, und die Hühner pickten um mich herum, und ich hatte das Buch auf den Knien, dann war da auf einmal so eine irrsinnige Vorfreude in mir. So eine Lust auf Leben, weil auch ich doch eine Zukunft haben würde, die mir gehörte.

– Und dann?

Er wußte nicht mehr, was er Cla alles erzählt hatte. Aber er erinnerte sich noch an Konstantin als Reiter auf einem weißen Pferd mit wehendem Mantel, wehenden Federn am Helm. Er siegte über den Schwiegervater, und dann siegte er in einer Seeschlacht über den Schwager. Golden flogen seine Schiffe mit den Fächern ihrer Ruderreihen über die Wasser. Delphine sprangen. Und blutrot glänzte das Meer an den Küsten von Chrysopolis.

Üsküdar, sagte Cla, Chrysopolis, das war doch Üsküdar.

Er hatte genickt.

In Üsküdar, auf den Café-Terrassen, hatten sie sich zum ersten Mal verabredet, im Winter vor fast drei Jahren. Die Sonne begann zu sinken. Sie sank früh, seit in Istanbul Mekkazeit galt. Das Licht war wie aus Glas. Als könne es zersplittern und mit ihm diese gemeinsame Zeit, die sie nun hatten. Sie waren nebeneinandergelegen auf Polstern. Man roch die Aromen der Wasserpfeifen. Eine Romni in langem Blumenrock trug einen Armvoll Rosen zum Verkauf. Ein junger Mann balancierte ein Tablett mit Sesamkringeln auf dem Kopf. Sie sahen ihm zu, wie er seine Hüften durch die Reihen bewegte. Sie sahen auf die Insel mit dem Mädchenturm, wo sich die Wasser von Marmarameer, Goldenem Horn und Bosporus mischten. Und dahinter lagen die Ufer Europas. Die Hügel blauten.

Die europäische Seite, drüben, das war das alten Byzantion, grün und grau kolorierte Hügel auf dem dicken Papier, von wo Menschen winkten. Sie winkten ihrem neuen Kaiser zu.

Das war nur folgerichtig, hatte Cla gesagt, daß Konstantin seinen Regierungssitz in Rom aufgab. Rom war viel zu unsicher geworden. Aber hier am Marmarameer mit dem Flußarm des Goldenen Horns, diesem natürlichen Hafen, und dem wahnsinnigen Bosporus, der zwei Kontinente verband und ins Schwarze Meer führte, hatte er eine Lage, die strategisch nicht zu überbieten war!

Es war wie auf einem Wimmelbild: Unter Priestern, Seefahrern, Kaufleuten, Fischern, Musikanten, Köchinnen und Köchen, jubelnden Frauen und Kindern, die Tücher und Fahnen schwenkten, während andere schon Früchte und Fische, Gebäck und Wein brachten, weihte der Kaiser seinen neuen Regierungssitz ein.

– 11. Mai 330, hatte Cla gesagt, *Neues Rom*. Der Name war Programm. Konstantinopel hieß die Stadt dann ja erst nach seinem Tod, ihm zu Ehren. Aber erzähl noch von deinem Kinderbuch.

– Die Farben verblichen, vielleicht waren sie deshalb so bunt. Man sah auf die Pracht von Befestigungsmauern, Säulenhallen, Palästen, und durch den Wipfel einer Kiefer schien die aufgehende Sonne als Kreuz.

Konstantin, das war dem Bilderbuch sehr wichtig, und ich glaube, mein Vater hat es auch betont, wenn er mir vorlas, war der erste christliche Kaiser. Und bei seiner Krönungszeremonie stand er still da mit den Augen, die einst in den Vogelzug staunten. Er war auch ein Erlöser.

Sie standen nebeneinander, Schulter an Schulter, am offenen Fenster und rauchten. Und die Möwen segelten, stürzten. Und ihr Kreischen fuhr durch sie hindurch.

Das Buch hatte eine ausklappbare Karte gehabt, mit vielfarbigen Länderflecken, Linien und Schraffuren, an denen man die unterschiedlichen Ausbreitungen des Byzantinischen Reichs sehen konnte. Mit dem Finger war er die Grenzen nachgefahren. Einmal hatte Byzanz das ganze Mittelmeer umfaßt und sich von Italien bis an die Donau, von Syrien bis auf die Krim erstreckt. In seinem Schutz verbreitete und entwickelte sich das Christentum in Europa.

– Das Buch schloß mit der Erinnerung daran, daß Konstantin den Ehrentag des Sonnengottes *Sol* in einen Feiertag zum Ausruhen verwandelte und damit den christlichen *Sonntag* schuf.

Sonntag, sicher, hatte Cla gesagt. Das sei eine schöne Geschichte. Aber im Grunde sei Konstantin ein Machtmensch gewesen, der über Leichen ging. Er habe den konkurrierenden Schwiegervater Maximianus zum Selbstmord gezwungen, den Schwager Licinius erwürgen und dessen Sohn erschlagen lassen. Auch Crispus, seinen eigenen Sohn aus erster Ehe, ließ er ermorden und seine zweite Frau Fausta in der Badewanne ertränken. Unter ihm wurde die Todesstrafe verschärft, indem man die Verurteilten den wilden Tieren zum Fraß überließ oder – vor allem Frauen – mit einem Affen oder einer Katze in einen Sack einnähte und dann ins Wasser warf. Ob er wisse, was Voltaire über ihn gesagt hat?

Er wußte es nicht.

– Voltaire nannte Konstantin den Großen einen *politisch nicht unbegabten Kriminellen.*

Auf dem Totenbett, lächelte Cla, habe der Kaiser sich noch taufen lassen, um im Zweifelsfall ins Paradies zu kommen. Also zuerst die römischen Rituale, und dann wurde er christlich beerdigt. Damit hatte er den Göttern und dem einzigen Gott Genüge getan.

Und Cla drückte seine Zigarette auf einer Untertasse aus. Er schwieg einen Augenblick und fügte dann hinzu, daß Konstantin nach den Zeiten der Christenverfolgung nun Religionsfreiheit gewährte. Man wisse nicht recht, ob aus machtpolitischen Erwägungen. Die Christen waren ihm damals schon zu stark geworden. Vielleicht wollte er sie lieber in seinem

Reich integrieren, um Ruhe vor ihnen zu haben? Oder entschied er doch aus persönlicher Überzeugung? Seine Mutter war eine Christin. Hatte er, von ihr beeinflußt, neben der griechischen Götterwelt ein erstes Glaubensvertrauen in Christus gefunden? Wer mußte das entscheiden? Immerhin habe Konstantin von byzantinischen Schreibern 50 Bibeln schön und lesbar auf das neue Pergamentpapier kopieren und dann binden lassen. Damit löste er die Papyrusrollen ab. Das Lesen wurde handlicher. Cla hielt ihm die Untertasse hin, denn er sah, daß auch er seine Zigarette fast zu Ende geraucht hatte. Er nahm sie. Er liebte Clas kleine aufmerksame Gesten.

– Du sollst keine anderen Götter neben mir haben. Cla sah ihn an und nahm seinen Kopf zwischen seine Hände. Aber diese anderen Götter, und nun hatte er ihn wieder zu sich gezogen, sehen das nicht so eng, mein Engel.

Und er hatte ihn geküßt.

Auf einmal sah er auf seinem Handy, daß Cla eine Nachricht geschickt hatte. Ob alles gut gehe, und wo er sei.

Noch in Slowenien, tippte er, aber gleich in Dobova, kroatische Grenze. Und er wünschte Cla eine gute Nacht.

Dorma bain, hatte er geschrieben, schlaf gut. Und *branclada*. Er hatte in der letzten Woche mit Alva und Florinda wieder ein wenig Romanisch gelernt. Branclada, Umarmung, war ein neues Wort. Es gefiel ihm, verband es doch ihre beiden Namen, Cla und Baran. Und ein wenig war auch Alva dabei.

Er mußte dann doch eingeschlafen sein. Und kein Grenzbeamter hatte ihn beim Übergang nach Kroatien geweckt. Jedenfalls stand das Schmetterlingsmädchen vor ihm und sah ihn unverwandt an, als der Zug in den Bahnhof von Zagreb einfuhr.

6. Zagreb – Belgrad

Ein Stockbett, zwei Matratzen übereinander, ein kleines Waschbecken mit Spiegel, eine Aluminiumleiter. Das Minimalprogramm für seine Nacht. Er wählte die untere Liege.

Der Nachtzug nach Belgrad war schon am Gleis gestanden. An der Waggontür hatte er dem Schaffner seine Tickets gezeigt, die Cla und er für die gemeinsame Rückreise im Zweier-Schlafwagenabteil gebucht hatten. Er sagte, er reise allein. Der Schaffner nickte. Er fragte ihn nach Wasser. Man würde Wasser bringen. Der Schaffner bat um seinen Ausweis. Für die Grenze, sagte er, dann müssen wir Sie nicht aufwekken. Er nahm ihn entgegen und behielt ihn. Er bekäme den Ausweis am Morgen zurück.

So hatte er den Zug bestiegen und sein Abteil gesucht. Im Flur hatte er sich an anderen Reisenden und Gepäckstücken vorbeizwängen müssen. Endlich war er vor der Tür seines Abteils gestanden. Türe zur Seite schieben, schließen, Vorhang zuziehen. In Sicherheit.

Die Bettwäsche hatte einen bläulichen Schimmer. Er kannte die Tütchen mit Wäscheblau, Ultramarin von den Märkten. Aber vermutlich war dieser Stoff leicht blau eingefärbt. Als es nun klopfte, zog er den Vorhang zur Seite, schob die Tür einen Spalt auf, nahm das Wasser entgegen. Er dankte, bezahlte mit Euromünzen, die er noch von der Hinreise hatte. Er verriegelte die Tür. Als er trank, bemerkte er, wie durstig er gewesen war. Er stellte die Plastikflasche auf den Boden und begann, sich langsam auszuziehen. Die Unterhose behielt er an.

Auch sie hatte Alva gewaschen, Woll-Seide-Boxershorts, von Icebreaker, anthrazit. Sie mache eh eine Wollwäsche mit den Bodys von Florinda und Shirts von sich, hatte sie gesagt. Cla hatte ihm diese Unterhose geschenkt. Nur so, weil er sich auch eine gekauft hatte, in hellblau. Das machte er manchmal. Wenn er ein schönes Hemd für sich sah, kaufte er es auch ihm, nur in einer anderen Farbe.

Er hatte drei Unterhosen dabei, zwei noch von Picture aus recyceltem Polyester mit einem Dschungelmotiv. Eine davon in flaschengrünen Grundfarben, die andere mehr in Türkis. Er reiste gerne ohne viel Gepäck. Alva hatte eine Waschmaschine. Aber auch wenn er nicht zu Freunden fuhr, nahm er nur das Nötigste mit und nutzte den Wäscheservice des Hotels oder ging in einen Waschsalon. Und in ländlichen Gegenden gab es immer eine Frau, die für ein Taschengeld etwas durchwusch. Oder er machte es selbst. Es war ein gewisses

Spiel, mit möglichst wenig zu reisen. Manchmal hatte er es drauf angelegt, endgültig zu wenig dabei zu haben. Und es hatte immer gereicht. Du mit deinem Franziskanerbeutel! hatte Cla einmal zu ihm gesagt. Cla fehlte ihm; er hätte ihn jetzt gerne bei sich gehabt. Sie wären zunächst auf der unteren Liege zusammengeblieben, vielleicht hier eingeschlafen. Sie konnten auf engem Raum miteinander einschlafen, umschlungen, als seien sie ein Wesen mit vier Armen, vier Beinen und ihre Köpfe paßten in Achseln oder an Lenden, als seien sie so gewachsen.

Er legte seine Kleider auf das obere Bett. Er putzte sich die Zähne mit dem Wasser, das in zwei verschweißten Bechern bereitstand. Der Spiegel zeigte seinen Bauch, braungebrannt, muskulös, seine Unterhose und den Ansatz seiner Oberschenkel. Und nun dachte er an Alva, an ihren Nabel, der wie eine Mandel geformt war oder das Innere einer kleinen Muschel, an den Streifen Haut zwischen diesem Nabel und ihrer Schambehaarung. Es gefiel ihm sehr, daß sie sich nicht rasierte. Vielleicht schnitt sie die Haare ein wenig, vielleicht zupfte sie die Kontur, das konnte er nicht sagen. Er dachte an den Weg seiner Zunge. Die Wege seiner Zunge.

Er wusch sich das Gesicht. Er setzte sich auf seine Liege. Der Zug fuhr an. Er würde durch eine kroatische Nacht in eine serbische Nacht fahren. Friedlich würde er Kriegsgebiete queren, von denen Augenzeugen noch erzählen können. Vinkovci, Vukovar. Vor-bei, vor-bei, vor-bei.

Er dachte an die ältere Frau, die er auf der Hinreise kennengelernt hatte. Cla war noch im Speisewagen geblieben, wo er sich mit einem Bankangestellten aus Zagreb unterhielt. Ihn hatte das Gespräch nicht weiter interessiert, vielleicht hatte er auch gedacht, daß Cla lieber allein mit diesem Fremden am Tisch säße, denn der Mann sah zwar nicht richtig gut aus – unkorrigierte Zahnstellung –, aber er hatte etwas Versprechendes, etwas Leidenschaftliches. So einen Anhauch von Freddie Mercury vielleicht. Und Cla liebte jede beiläufige Konversation, an deren Rändern das Flirten flimmerte. Also nickte er Cla zu, und auch knapp dem Fremden, und sagte, er gehe schon mal zurück ins Abteil.

Und dann saß sie da. Sie hatte blond gefärbte Haare, nicht kurz, nicht lang, sie waren leicht gelockt und reichten bis knapp über die Ohren. Im Nacken waren sie etwas länger. Er konnte ihr Alter schlecht schätzen. Sie trug Morins. Cla hatte ihn im Engadin auf genau diese Ohrringe aufmerksam gemacht. Es waren winzige emaillierte Köpfe, Hautfarbe schwarz. Es gab sie in zwei Gestalten, mit Krone als König, mit Turban als Sklave. Er hatte diesen Schmuck nicht verstanden.

Mohren? hatte er staunend gefragt.

Cla hatte gelacht.

– Sei vorsichtig mit diesem Wort. Man könnte dich für einen Rassisten halten.

– Aber du sagst doch *morins*, wie soll ich das denn übersetzen?

– Mohrenhäupter, sagte Cla und zuckte mit den Schultern. Es ist ein Dilemma. Wir werden noch unser St. Moritz umbenennen müssen.

– Aber warum tragen Engadiner Frauen afrikanische Männerköpfe an den Ohren?

Und Cla hatte ihm erzählt, daß Engadiner Wirtschaftsemigranten als Zuckerbäcker in der Fremde ihr Glück suchten. Zunächst in Venedig, dann in ganz Italien, bald in Europa. Sie zogen bis Sankt Petersburg. Die frühen Emigranten, die nach Venedig gegangen waren, brachten ihren Frauen, wenn sie in die Dörfer zurückkamen, als Geschenke diese Ohrringe mit. Da sie meist im Sommer kamen, nannte man die Rückkehrer auch Randulins, Schwalben. Auch heute noch kämen Nachfahren dieser Wirtschaftsemigranten wieder in ihre einstigen Dörfer, selbst wenn sich die Familien schon seit Generationen in Italien niedergelassen hatten. Sie bauten sich im Engadin italienische Palazzi als Sommerresidenzen. Ursprünglich stammten, so Cla, die Morins aber nicht aus Venedig, sondern, soviel er wisse, aus Österreich-Ungarn. Und heute fände man sie vor allem noch in Kroatien, wo man sie in jedem Schmuckgeschäft kaufen könne. Im Engadin werden die Morins in den weiblichen Linien der Familien weitergegeben. Das sei ein ernstes Ritual. Und in der Fremde können Morins dann Erkennungszeichen sein für Engadinerinnen. Aber, hatte er da gelacht, Kroatinnen sind doch keine Engadinerinnen! Ja, hatte Cla gesagt, da werde es kompliziert, wie immer, wenn es um Heimat und Identität geht. Und eben: zur Geschichte, wie afrikanische Männerhäupter mit Turban oder mit Krone, schwarze Sklaven oder schwarze Könige, zum Schmuck für europäische Frauenohren werden konnten, dazu wisse er nichts weiter zu sagen.

Im Gespräch, das sich zu zweit im Zugabteil schnell entspann, sagte die Morins-Trägerin, sie sei eine pensionierte Lehrerin, eigentlich aus Vukovar. Aber jetzt lebe sie in der Nähe von Zagreb, und gerade habe sie in Slowenien eine Freundin besucht.

Über ihr, in der Gepäckablage, sah er einen kleinen genoppten Lederkoffer, ihr zu Füßen stand eine größere Tasche aus Kunststoff mit Reißverschluß.

Sie reise zu ihrer Tochter, zu den Enkelinnen nach Graz. Er erzählte, daß er auch auf dem Weg nach Graz sei, aber dann noch weiter in die Schweiz fahren werde, bis nach Chur. Ja, nickte sie, auch dort gebe es eine kroatische Gemeinschaft. Er spürte, daß sie noch etwas sagen wollte, aber daß sie sich zurückhielt. Sie schwiegen. Und er sah, daß sich ihre Morins im Rhythmus des Zugs leicht bewegten.

Endlich bückte sie sich zu ihrer Tasche auf dem Boden, zog den Reißverschluß auf und entnahm ein Buch, das sie sich auf den Schoß legte. Sie lächelte ein wenig verlegen. Es war ein schmales Buch. Das Cover eine Schwarz-Weiß-Photographie. Er konnte nur schwach Häuserfenster erkennen.

Ich war Lehrerin, sagte sie, ich war seine Lehrerin, seine Deutschlehrerin. Sie nahm das Buch nun in beide Hände und hob es versonnen etwas hoch. Und er sah auf dem rückwärtigen Umschlag eine Ruine eines hohen Gebäudes und davor eine Dreier-Menschengruppe, liegend. Eine Frau beugte sich über einen jungen Mann, als ob sie schauen wolle, wie es ihm gehe. Er hatte seinen Oberkörper nach hinten überstreckt. Ihre Hand lag auf seiner Hüfte. Waren die Männer Tote? Vielleicht war die Frau auch keine Frau, sondern ein Mann mit Kapuze. Vielleicht waren auch alle drei tot. Das Photo war grobkörnig, und die Figurengruppe hatte etwas Statuarisches.

– Er war sehr begabt. Er machte den Abschluß auf dem Gymnasium in Vukovar. Dann ging er nach Sarajewo. Er studierte Literaturwissenschaft und Bibliothekswesen. Sie hatte das Buch zurück auf den Schoß gelegt und ihre Hände lagen wieder nebeneinander auf dem Deckel, als wollten sie es schützen.

– Er hat als Lehrer gearbeitet. Seine erste Stelle war in Lovas, ein bißchen südlicher, dann hat er eine Stelle bei uns gefunden, in einem Stadtteil von Vukovar. Während des Kriegs ging er zum kroatischen Radio. Erst als Sprecher, dann als Kriegsberichterstatter. Wir haben jeden Abend seine Stimme gehört.

Sie sah aus dem Fenster. Schwieg, bis es wieder aus ihr herausbrach.

– Was für ein Krieg! Im April, alles wollte blühen, da ging es los und wurde täglich schlimmer. Bis zur Kapitulation im November. Dieser Krieg war nie offiziell erklärt worden.

Er brach aus, er erbrach sich über uns. Und er zerstörte alles. Vukovar, wissen Sie, das war einmal eine der schönsten Barockstädte Europas. *Die Perle an der Donau.* Im November gab es keine Stadt mehr, und wir weinten um fast 4000 Tote. Die meisten Zivilisten, Kinder.

Sie rutschte ein wenig auf dem Polster, als müsse sie sich in die richtige Position bringen. Jetzt schaute sie ihm in die Augen. Wasserblau, leicht flüssig an den unteren Lidrändern, als weinten sie immer ein wenig, auch wenn sie höflich lächelte. Sie wiederholte, daß sie seine Lehrerin war, damals in der Oberstufe. Das schien ihr den Mut zu geben für das, was sie nun sagen wollte.

– Ich habe es immer dabei. Es ist sein Vermächtnis. Es ist jetzt in der 6. Auflage auf Deutsch erschienen. Bei einem kleinen Verlag, in kleinen Auflagen. Aber es ist auch ins Englische übersetzt. Langsam fuhr sie mit einer Hand über das Buch, führte es an ihre Lippen, küßte es und reichte es ihm.

Er nahm es entgegen. *Geschichten aus Vukovar*, las er. Und dann den Autorennamen: Siniša Glavašević. Sie sah wieder aus dem Fenster und sprach gegen das Glas.

– Es war am 12. November 1991, da gelang es ihm noch gegen Abend zwischen 17.34 und 18.33 Uhr, seine Geschichte aus dem eingeschlossenen Vukovar nach Zagreb zu faxen. Danach hörte man nichts mehr von ihm. Nach drei Tagen begann man, diese Geschichten zu senden. Dann wurde das zerstörte Vukovar eingenommen. Von der jugoslawischen Armee und serbischen Freischärlern und –

Sie hörte auf zu sprechen.

Er hielt das Buch in der Hand. Schmal, englische Broschur.

Sie schwiegen. Der Zug fuhr durch die Unschuld einer sommerlichen Landschaft.

– Seine Geschichten handeln nicht immer direkt vom Krieg. Sie sprechen vom Menschen. Vom Menschen in einer Extremsituation, aber nicht nur. Das Wesen Mensch ist ausgesetzt, wenn es sein Leben ernst nimmt, und letztlich immer an einer Grenze. Seine Geschichten mitten aus dem Krieg sind ernst und voller Hoffnung. Er schrieb über das Suchen und über die Umarmung, über Kämpfer und Dichter, über Vagabunden. Über die Kindheit und das Phänomen der Zeit und über die Bedeutung der Familie. Der Mensch, sagte er, reinige sich in der Familie. Sie sei der Tempel seiner Wahrheit. Er hatte wunderbare Gedanken.

Sie spielte mit ihren Händen, umfaßte wechselnd mit einer Hand die Finger der zweiten.

– Am 4. November 1991 war er 31 Jahre alt geworden. Bei seinem Tod war sein Sohn sieben. Haben Sie etwas von dem Massaker vom 20. November 1991 gehört? Baran schüttelte den Kopf. Sie nickte.

Sie bückte sich über die Tasche, um sie wieder zu schließen, und er sah, daß sie noch mehrere Exemplare der *Geschichten aus Vukovar* darin hatte.

Er dankte. Und er sagte, daß er das Buch lesen werde.

Bevor sie weiter miteinander sprechen konnten, war Cla ins Abteil gekommen. Sie hatte ihm noch einmal zugelächelt. Und dann in einer Tuchtasche, die ihm bis dahin nicht aufgefallen war, nach einer Stickarbeit gegriffen. Ein Stück Stoff war in einen runden Rahmen eingespannt. Und sie begann, mit roten, blauen und grauen Fäden an einem abstrakten Muster zu sticken. Es kam Baran vor wie die uralte Idee eines Musters. Die Wiederkehr eines Frauenmusters, gezeichnet mit Kohle, geritzt in Lehm, gemalt auf Ton, Papyrus. Gestochen in Leder, Stoff, Papier. Er dachte an die alten koptischen Muster, die er in einem Museum in Kairo gesehen hatte. Die Geduld des Musters, die Weisheit des Musters. Und er wußte nur, daß es das Muster war, das ihm gerade Kraft gab. Vielleicht weil es das Gegenteil war von Gewalt.

Sie hatten bis Graz nicht mehr gesprochen, auch Cla hatte kaum etwas gesagt. Mit einem Lächeln um die Mundwinkel hatte er sich die Kopfhörer aufgesetzt. Und er wiederum hatte das Buch aufgeschlagen und gesehen, daß es viele Photographien enthielt. Zerbrochene Dächer, die mit ihren abstehenden Dachsparren ungebührlich skurril aussahen, wie unfrisiert, Fassaden, deren Fenster den Himmel zeigten, opernhaft, weil ihnen die Räume fehlten, Straßenzüge mit den Pickeln und Narben der Bombeneinschläge. Eine nackte Puppe an einer Trümmerwand, die Klapp-Schlafaugen geschlossen. Nun sah er auch die Photographie des Umschlags im Buch wieder. Das Bild gab es zweimal. Einmal vor, einmal nach der Zerstörung. Und er erkannte, daß das hohe Gebäude vom Umschlag einst ein Hotel war und die Dreier-Gruppe, über die er nachgedacht hatte, ein Denkmal, das nun am Boden lag, als seien seine Figuren verkohlte Leichen. Kippfiguren des Kriegs. Er wollte nicht lesen. Nicht in der Anwesenheit von Cla und der Lehrerin. Vielleicht weil er sich diffus schämte, wie oft, wenn ihm für einen Moment klar wurde, daß ihm ein Schicksal mit Krieg, Flucht und Vertreibung erspart geblieben war.

Und bald hatten sie Graz erreicht. Cla drängte zum schnellen Aussteigen, weil er um den Anschluß fürchtete, doch er wollte der alten Lehrerin noch mit dem Gepäck helfen; ihr Koffer war leichter als ihre Tasche mit den Büchern. Auf dem Bahnsteig nickte er ihr noch einmal zu. Und nun sah er, wie winzig sie war in ihrem kornblumenblauen Kleid aus Kunstseide.

Und dann schaute er, daß er Cla in der Menge nicht verlor.

Er sah zum Fenster des Schlafwagenabteils, in dem die Lichter der Nacht vorbeizuckten. Er überlegte, ob er die Jalousie herunterziehen sollte.

Er legte seinen Kopf auf das Kissen und nahm die Bettdecke hoch. Er spürte, daß der unregelmäßige Rhythmus von Helle und Dunkelheit im Fensterglas ihn irritierte. So stand er auf und zog am Rouleau. Nun erst bemerkte er eine grüne Nachtleuchte über der Tür. Sie erinnerte ihn an die Sicherheitslämpchen an den Stufen im Kino, die auch brannten, während der Film lief. Er legte sich nieder, er wollte schlafen.

Und der frühe Morgen mit Alva in Chur kam zurück. Sie lächelte ihm aus dem Badezimmer zu. Ihre Haare waren noch feucht. Er sah ihr Gesicht, und er sah gleichzeitig ihr Profil im Spiegel. Sie war schön. Durch das Fenster leuchtete der Quittenbaum in aller Fülle von Grün.

Dann saßen sie sich am Küchentisch gegenüber. Mit beiden Händen umfaßte Alva ihre gepunktete Kaffeeschale. Florinda löffelte ein Müsli.

Und diese Szene, sie war ja noch vom letzten Morgen, erschien ihm wie aus einer ganz anderen Zeit.

Sein Handy hatte er auf die Ablage neben das Waschbecken gelegt, um es mit dem Ladekabel an der Steckdose anschließen zu können. Er wußte nicht genau, wie spät es war. Aber er wollte nicht noch einmal aufstehen. Es spielte keine Rolle, wie spät es war. Er war auf dem Weg von Zagreb nach Belgrad. Über Vinkovci, nahe Vukovar. Wenn er Glück hatte, würde man ihn an der Grenze zu Serbien nicht wecken. Er war in Sicherheit; die Schienen liefen weiter, liefen weiter. Und das Schlagen der Räder auf den Gleisen nahm ihn mit.

Er fuhr durch Grün. Durch die grüne Krone des Quittenbaums. Durch grüne Gärten. Schilf am Rand der Wüste. *Un jardin sur le Nil.* Ein Geruch um Alva, manchmal. Alvas Badezimmer, die Glasflasche von Hermès mit dem grünen Schimmer. Ihr Handgelenk, das sie mit dem Garten des Nils betupft. Ihr Handgelenk, das sich im Glas spiegelt. Der Nil. Grünes Fließen im Glas, und die Ufer kommen näher und entfernen sich. Schilf, Schilf. Das Delta, Alexandria, die Kanäle aus dem Zugfenster heraus. Das Schilf. Das Schlagen der Räder. Alva aus dem Zugfenster heraus. Alva im Grün. Das weiße Grün des Glases. Der Duft. Der Botenduft, dem die Gleise folgen. Schilf. Das gläserne Delta, das schmilzt und fließt. Im wogenden Schilf. Alvas Delta in Alexandria. *Dann ging er nach Smyrna und wir sahen uns nicht mehr*. Schilf und Palmen. Wie schwarz die Wasserbüffel leuchten in diesem Grün. Es ist der Nil, der sie glänzen läßt. Hermès. Hermes im Wasser des Nils. Welcher Hermes? Warum lächelt er zweideutig, jetzt, da er aus dem Wasser steigt und einen Wasserbüffel unterm Kinn streichelt? Das Schlagen der Räder. Gestade. Alexandria, Kairo, Luxor, Assuan. Das Tal der Könige lassen sie aus. Den Totentempel der Hatschepsut lassen sie aus. Doch Anubis kommt die Treppen herab. Die Treppen sind hoch wie der Tempel, die Treppen sind weit wie die Wüste. Alle Krokodile kommen die Treppen herab. Die langen, langen Treppen herab vom Totentempel der Hatschepsut. Das Blut kommt die Treppen herab, das Attentat kommt die Treppen herab, die Schüsse. Es gibt keine Krokodile mehr im Nil, rufen die Krokodile. Anubis tut beleidigt, das ist nicht seine Geschichte. Er wird schmal, wie nur Schatten schmal werden können. Die Räder schlagen weiter, während die Krokodile die Treppen herabkommen. Die Räder schlagen bis Assuan, und der Nil fließt die Räder entlang, umspült das Eisen der Gleise. Der Bahnhof ist eine schwimmende Insel im Stausee, wo die Krokodile sind, aber man sieht sie nicht. Nicht aus dem Zugfenster und auch sonst nicht.

Warum sind sie auf einmal zurück in Alexandria? Im Café Trianon. Es riecht nach Puder. Oder nach Staub von all dem Plüsch. Trianon. Und unter den Frauen, die an den Wänden tanzen, halbnackt, serviert der Kellner Quittenmus. Als sie zögern mit den geeisten Löffeln, beginnt er sein frischgebügeltes Hemd am Hals zu öffnen. Und weiter zu öffnen. Er lächelt. Aber sie müssen gehen. Beinahe haben sie vergessen, daß sie schon spät sind. Kavafis wartet. Seine dunkle Wohnung, zweiter Stock. Er hat nichts mit Krokodilen zu tun. Oder weiß man das nur nicht? Der griechische Kustos spricht kein Arabisch und ungern Englisch. Er sitzt im Flur am Schreibtisch, der der Schreibtisch des Dichters ist, und stempelt Rechnungen. Daneben die hüfthohe Amphore. Die Tür zum Schlafzimmer steht offen. Die Vorhänge sind rot. *Das Bett stand am Fenster. Die Nachmittagssonne erreichte es bis zur Hälfte.* Die Vorhänge bewegen sich, sie werfen Schatten auf eine Ikone vom Heiligen Georg, der ein Krokodil tötet. Der Spiegel ist blind. Kein Spiegel ist blind, flüstert der Spiegel auf einmal. Du könntest dein Leben ändern, zischt er vorlaut und kichert. Konstantin. Konstantinos. Die Echos tauchen in den blinden Spiegel, der nicht blind ist. Das weiß der Sonnengott Sol, der mit wirrem Haar nun neben der Amphore sitzt, eine Triangel in der Hand. Der Nil nimmt das Eisen mit, das Schlagen des Eisens im Spiegel. Man sieht alles aus dem Zugfenster.

Da erscheint Re im Raum wie ein Hausherr, er schlägt einen Morgenmantel auseinander und zeigt sein Innenfutter aus scharlachroter Seide. Auf seinem Falkenkopf balanciert er einen glühenden Ball. Du sollst keinen anderen Sonnengott neben mir haben, sagt er, und greift nach der Triangel. Aber sie gefällt ihm nicht. So gibt er sie zurück. Brav, das ist gut so, sagt Alva, und klatscht in die Hände. Sie hat auf dem Schreibtisch des Kustos Platz genommen, die Beine übereinandergeschlagen, und winkt in das Zimmer hinein. Der Kustos blättert weiter in den Rechnungen, als sei Alva nicht da. Aus Versehen stempelt er ihr Knie. Sol ist beleidigt und erhebt sich. Auch Re möchte gehen. Er nimmt sein Falkenhaupt ab, das eine Maske war, und darunter erscheint der Kopf von Cla. Komm, sagt Cla, schlaf weiter, es ist nicht so, wie du denkst. Es ist vor allem wichtig, daß du dich liebst.

Als Baran erwachte, hörte er Stimmen auf dem Gang, die sich entfernten. Die grüne Nachtleuchte über der Tür schimmerte wie ein Auge. Ein Radioauge. Die Stimmen kamen wieder und entfernten sich. Es schienen zwei Männer und eine Frau zu sein. Vielleicht hatten sie etwas gesucht oder ein Vorhaben wieder abgebrochen. Nachts in einem Zug wird alles schnell zu einer Geschichte.

Baran dachte an die Krokodile im Krokodilmuseum am Nil beim Doppeltempel von Kom Ombo. Er dachte an die Mumien von großen Krokodilen und kleinen Krokodilen auf einem Tuch oder auf Sand hinter Glas. Er hatte seinen Arm um Clas Hüfte gelegt, seinen Daumen in Clas Ledergürtel eingehängt, mit dem Daumenglied seinen Bauch gespürt und ihn seinen Daumennagel sanft spüren lassen und gesagt: Weißt du, daß ich Mumien mag? Schau mal, so mumifiziert, eingewickelt, bemalt gehen die Lebewesen über in den Zustand von Puppen.

Cla hatte geschwiegen und dann gesagt: Und der Tod bekommt einen Hauch von Spiel.

Er hatte seinen Arm vorsichtig von Clas Hüfte genommen. Sie hatten die trockenen Krokodilskörper angeschaut. Manche sahen heiter aus, mit gemalten Linienbogen, runden Augen.

Und ist es nicht immer so, Cla hatte sich zu ihm umgedreht, daß die Kunst den Tod einlädt zu einer kleinen Revanche?

Sie hatten gelacht. Während er Clas Rücken gespiegelt sah im Vitrinenglas vor den Mumien.

Und Baran dachte, daß er Cla vermißte, den er schon über eine Woche nicht gesehen hatte. Und daß er Alva vermißte, mit der er noch am Morgen zusammen war. Und Florinda, die einen Milchschaumbart an der Oberlippe hatte und ihn anstrahlte, offen, wie es Kinder können. Und er zog die Bettdecke über sich.

Und er war nicht geweckt worden. Nicht am kroatischen Grenzbahnhof Tovarnik. Und nicht am serbischen Grenzbahnhof Šid.

Traumlos hatte er das Schlagen der Räder nicht mehr gehört. Und als ihn ein Klopfen an der Tür kaum weckte – denn er war schon fast wach – und er sich erhob, die Tür hinter dem Vorhang ein wenig aufschob, den serbischen Gruß auf

Englisch erwiderte, das kleine Tablett mit dem Kaffee und dem eingeschweißten Croissant entgegennahm, da sagte der Schaffner, daß der Zug in einer knappen Stunde in Belgrad sein würde. Und er gab ihm seinen Ausweis zurück.

Baran stellte das Tablett neben das Waschbecken und sah auf sein Handy. Es war kurz nach 7 Uhr. Der Zug hatte Verspätung. Aber es würde vermutlich mehrere Züge von Belgrad nach Niš geben. Und von dort nach Sofia. Er schob das Rouleau hinauf. Morgendliches Zwielicht, doch die Szene war südlich. Er hätte es nicht benennen können, aber das Grün war anders, die Töne der Erden. Unvermittelt atmete er auf. Im Südlichen kannte er sich besser aus als in den Bergen, die mit ihren Perücken aus Schneelocken Gericht hielten. Er setzte sich auf die Bettkante, nahm den Kaffee. Und trank ihn schwarz; erstaunlicherweise war er heiß.

Das Land schien fruchtbar, Flußauen. Er sah keine Tiere. In der Ferne milchige Hügel. Er stand auf, griff nach seinen Kleidern auf der oberen Liege. Er zog sich an und legte sich wieder aufs Bett.

Und er sah in den Himmel, in die wechselnden, ziehenden Wolkenschleier.

Wo fuhr er hin? Er hatte Alva noch keine Nachricht geschickt. Er wußte nicht, was er ihr schreiben sollte. Warum wußte er es nicht? Und warum schob er den Gedanken fort, ihr eine Nachricht schicken zu müssen? Nicht müssen, aber sie würde es erwarten. Warum schrieb er ihr nicht?

Das Croissant hatte er nicht angerührt. Aber jetzt erinnerte er sich, daß er eines der Brote von Alva noch übrig hatte. Er stand auf, nahm seine Tasche. Er wickelte das letzte Brot aus dem Bienenwachstuch. Ein selbstgebackenes Roggenbrot mit Mandeln und Mohn, etwas Butter darauf, und mit einem Alpkäse belegt. Er sah es an und schämte sich.

Er biß hinein, begann zu kauen. Er schmeckte, daß Alva einige Basilikumblätter auf die Butter unter die Käsescheiben gelegt hatte. Er kaute langsam. Er kaute Alvas Sorgfalt, ihre Zuneigung, er kaute, daß sie an ihn denken würde. Er kaute, daß er an sie dachte und nicht wußte, was er ihr schreiben sollte. In einer kleinen Nachricht. Er trank den letzten Schluck Kaffee, der jetzt kalt war.

Der Zug wurde langsamer. Er hielt. Stimmen auf dem Gang. Bahnhof Ruma. Ein zweistöckiges, ziegelgedecktes Gebäude, abbröckelnde Fassade, abbröckelnde Pfosten. Menschen, die rauchten, warteten, im Stehen in ein Handy sahen.

Du fährst durch historische Landschaften, hatte Cla gesagt, Slavonien, Syrmien.

– Nie gehört!

– Königreich Slavonien, Grenzland zwischen der Save und der Drau. Im Osten reichte es bis zur Donau. Nach den Türkenkriegen osmanisch, dann im 17. Jahrhundert von Österreich-Ungarn zurückerobert. Dann hat man das Land an Adlige verteilt, die in den Kriegen gegen die Türken tapfer kämpften. Und man besetzte es mit Siedlern und Wehrbauern aus der Habsburger Monarchie – immerhin grenzte Slavonien im Süden an das Osmanische Reich, da mußte man das Grenzland sichern. Und auch Siedler aus Südwestdeutschland wurden angeworben, die sogenannten Donauschwaben. Ich habe da einen entfernten Onkel, der hatte immer Tränen in den Augen, wenn er von Slavonien sprach, und er zeigte uns Photos von Bauernhäusern, Feldern, Frauen in Trachten. Slavonien war eine Kornkammer. Und vermutlich gerade in seiner ethnischen Durchmischung ein fruchtbares Land. Natürlich gab es Spannungen.

– Und Syrmien?

– Genauso kompliziert. Ein Teil Slavoniens. Du wirst in Ruma Halt machen. Das war eine wichtige Stadt Syrmiens. Auch wegen der Eisenbahn. Zu Beginn des 20. Jahrhunderts hielten alle Schnellzüge in Ruma. Der Orientexpress hielt in Ruma. Und es gab dort einen ziemlich exquisiten Speisewagen, der an die luxuriösen Züge angehängt wurde.

Baran sah auf das in Plastik eingeschweißte Croissant mit dem 7-Days-Aufdruck.

Schau, hatte Cla gesagt, diese Kultur des Eisenbahnreisens gibt es nicht mehr, mein Engel. Nur du – und er hatte ihm eine Hand auf die Schulter gelegt, und er spürte noch, wie diese Geste ihm durch die Glieder lief –, nur du meinst diese alte Herrlichkeit noch einmal retten zu können, indem du dir die kompliziertesten Eisenbahnfahrten zumutest. Und merkst du, wie ich dich liebe, daß ich dich dabei doch immer wieder begleite.

Cla hatte die Schublade am Küchentisch aufgezogen, ihr eine offene Schachtel Marlboro entnommen und sie ihm hingehalten. Mit zwei Fingern hatte er sich eine Zigarette herausgezogen. Cla hatte ihm Feuer gegeben. Und sich dann selbst seine Zigarette angezündet. Sie rauchten nur noch selten; aber manchmal rauchten sie doch.

Baran faltete sein Bienenwachstuch zusammen. Er sah hinaus auf den Bahnsteig. Erst im Anfahren bemerkte er die Reihe alter Bänke, Holzlehnen, Holzsitze, aber kunstvoll in Schmiedeeisen gefaßt. In die schmiedeeisernen Seitenlehnen war das grün-goldene Lok-Emblem der Eisenbahnen Serbiens eingearbeitet, wie ein großes Siegel. Zwei Schulkinder saßen auf einer der Bänke, ihre Taschen zu Füßen. Vor-bei, vor-bei.

Er nahm ein Nachbild der Kinder mit. Sie waren sommerlich gekleidet. Blusen und kurze Hosen. Zwei Mädchen, eines mit Zöpfen, eines mit kurzen Haaren. Er würde diese Kinder, die ihm jetzt blitzhaft nah waren, nie wieder sehn. Unerkannt würden sie auf diesem Planeten ihr Leben führen. Erwachsen werden, alt werden. Hoffentlich. Aber er hatte sie gesehen. Heute auf dieser Bank der Serbischen Eisenbahnen. Auf der schon die Reisenden des Orientexpress gesessen hatten, nichts von diesen Mädchen ahnend. Und auch die Mädchen wußten nichts von denen, die vor ihnen hier Rast machten. Wartende einer anderen Wirklichkeit. Nur die Bänke aus Holz und Schmiedeeisen bewahrten sie.

Wie würde Florinda sein, wenn sie zur Schule ging? Auf einmal durchfuhr ihn dieser Gedanke wie ein schneidender Wind, als sei er dabei, etwas Wichtiges zu versäumen, das ihm jetzt schon fehlte. Dieser Gedanke war albern, sicher. Florinda war gerade zwei Jahre alt. Sie ging noch lange nicht zur Schule. Er würde viel Zeit mit ihr haben. Würde er?

Und während draußen das Land immer fruchtbarer, üppiger zu werden schien mit Sonnenblumenteppichen und Maisfeldern, und während der Zug über eine hohe Trasse sauste, über eine Brücke, und sich die Felder wieder weiteten und der Zug bald die Sava querte und immer noch schneller zu werden schien, hatte er nur den einen Wunsch, diese Geschwindigkeit auf den Gleisen würde abnehmen, leiser werden. Er brauchte Langsamkeit, er wollte nicht fortfahren. Nicht so fortfahren in einem ganz elementaren Sinn. Er konnte nicht so weitermachen, wie er lebte. Das machten ihm diese Schienen klar, die so sicher ihren schnellen Weg wußten. Aber gab es eine Alternative?

Er durchfuhr hügeliges Land, die Peripherie von Belgrad kam auf ihn zu. Wieder eine Brücke über einen Fluß, nun wohl die Donau oder ein Donauarm. Er war zu müde, um ins Handy oder auf die Karte zu schauen. Und dann spürte er, daß der Zug gleich in den Bahnhof einfahren würde. Mit ihm, willenlos, ortlos, ein west-östlicher Passagier, ein Reisender im ehrwürdigen Königreich der Serben, Kroaten und Slowenen, im alten Jugoslawien, ein Findling auf der *Balkanroute*, ein Irrlicht in alten und jüngeren Kriegsgebieten, er, ein Davongekommener, wie auch immer, mit der Unsicherheit der Überlebenden und der Ledertasche eines griechischen Großvaters, in die er nun das zusammengefaltete Bienenwachstuch steckte. Nicht ohne es unwillkürlich zu küssen.

7. Belgrad – Niš

Chara Alva,

die Züge fahren nicht so, wie es in den Plänen steht. Aber ich komme voran. Gerade hatte ich einen längeren Aufenthalt in Belgrad. Und ich mußte den Bahnhof wechseln. Aber nun bin ich auf dem Weg nach Niš. Es ist südlich hier. Die letzten Sonnenblumen blühen noch, und ich genieße die Wärme.

Bei Sonnenblumen muß ich immer an Todi denken. Es gibt unglaubliche Sonnenblumenfelder dort, im Sommer, im Juli. Ich war einmal auf der Durchreise zu einem Theaterfestival in Perugia in Todi. Ich war betrunken von diesen Sonnenblumenfeldern. So ein flammender und in weiten Hügeln immer wieder aufflammender Glanz. Und sie drehen sich mit der Sonne. Im Italienischen heißen sie ja Girasole. Damals wußte ich noch nichts von Cusanus. Und daß er in Todi gestorben ist. Man hat ihn in Todi begraben, aber sein Herz ist nach Kues gekommen, in seinen Geburtsort an der Mosel. Sein Herz liegt dort in der Kapelle des Hospitals, das er gestiftet hat. Cla und ich waren einmal dort.

Jetzt beim Umsteigen habe ich bemerkt, daß ich vermutlich meinen Schal bei Dir vergessen habe. Könntest Du bitte nachsehen? Es ist eigentlich Clas Schal. Aber wir tauschen unsere

Schals, wenn wir uns verabschieden und wissen, daß wir uns für längere Zeit nicht sehen. Es ist der Schal, den Cla einmal im Restaurant in Istanbul vergessen hat, in dem ich als Kellner arbeitete. Es war in seinen ersten Tagen in Istanbul damals. Er kam zurück ins Restaurant, ich hatte den Schal für ihn schon zur Seite gelegt. Und so fing es an.

Später, als wir über diese Szenen sprachen, sagte er mir, daß Du ihm diesen Schal von einer Reise mitgebracht hast. Jetzt ist der Schal von Dir also wieder bei Dir, weil ich ihn dort vergessen habe. Aber ich möchte ihn doch Cla zurückgeben. Du mußt ihn nicht schicken. Bring ihn mit, wenn Ihr im Winter kommt, Du und Florinda. Oder vielleicht kommen wir bis dahin auch noch einmal bei Euch vorbei.

Dann gehen wir mit Florinda schlittenfahren. Oder stellst Du sie schon auf die Skier? Du verwegene Mutter.

Ich habe die Brote gegessen, die Du mir mitgegeben hast. Sie haben mich gerettet. Ich hatte nur bis Graz einen Speisewagen.

Geht es Euch gut? Wie geht es Florinda, jetzt, wo nicht nur Cla-Pa, sondern auch Ba-Pa fort ist? Ich hoffe doch, daß sie mich vermißt!

Ich jedenfalls vermisse sie.

Er stockte. Er schrieb: *Und Dich vermisse ich auch.* Und las den Satz und löschte ihn wieder. Und fuhr fort:

Kennst Du die polnische Lyrikerin Wisława Szymborska? Sie hat gesagt, ihr poetischer Hauptsatz sei: Ich weiß nicht. Und sie meinte auch, daß jedes Gedicht ›Augenblick‹ heißen könnte. Ich möchte Dir einen Gedichtband von ihr schenken. Vielleicht ›Sól‹, Salz.

Branclada,
Baran, auf dem Weg nach Istanbul

Ihm war nicht wohl bei dieser Nachricht, die er in sein Handy getippt hatte. Er las sie noch einmal durch. Sie stimmte nicht. Alles, was er schrieb, war richtig. Aber das Falsche lag in dem, was er nicht schrieb. Warum hatte er nicht geschrieben: *Und Dich vermisse ich auch.* Wie leicht man lügen konnte, wenn man schwieg. Er hätte gerne inniger geschrieben. Er konnte es nicht.

Was war denn geschehen? Drei Nächte!

Drei Nächte.

Mit einem hellen Ton war die Mail versandt. Und auf ihrem Blitzweg aus einem Zugabteil der Serbischen Eisenbahnen kurz hinter Belgrad auf den Churer Schreibtisch von Alva. Und im selben Augenblick wünschte er, er hätte sie nicht abgeschickt. Es war nicht schlimm. Er hatte ja schön geschrieben. Schön feig.

Sie waren noch in der Peripherie von Belgrad, aber der Zug bremste schon wieder ab. Als würde sein Wunsch nach Langsamkeit in Erfüllung gehen. Rakovica, las er in lateinischen Buchstaben hinter dem auf kyrillisch angeschriebenen Ortsnamen am Bahnhofsgebäude. Der Zug fuhr an.

Er war müde. Er hatte nicht sehr gut geschlafen und wirr geträumt. Und jetzt hatte er vielleicht einen Fehler gemacht. Wenn es ein Fehler war, war es kein schlimmer Fehler, versuchte er sich zu beruhigen.

Das offene Abteil glich mit seinen blauen Sitzen einer Lokalbahn. Es erinnerte ihn an die neuen Wagen, die zwischen Chur und Landquart verkehrten. Das Abteil roch frisch. Es hatte eine WLAN-Verbindung. Eine digitale Anzeige gab die Außentemperatur an, die um die 25 Grad spielte, und zeigte die Geschwindigkeit, die nicht über 70 km/h lag, oft fuhr der Zug mit dem Tempo eines Mopeds.

Er war einer der wenigen Fahrgäste. Aber er übersah nicht das ganze Abteil. Zwei ältere Frauen mit Körben, eine trug locker ein Kopftuch, saßen einige Reihen weiter, ein junger Mann in weißem Hemd und schwarzer Weste hatte hinter ihnen Platz genommen. Vielleicht eine Servicekraft, ein Kellner wie er, oder ein Musiker, ein Schriftsteller? Schlank, nein, dünn. Starke, eng beieinanderliegende Augenbrauen, schmale Nase, leicht gebogen. Doch nun blickte der Mann zurück. Und wie ertappt versuchte Baran ein zunickendes Lächeln, das ihm nicht so souverän gelang, wie er es gewünscht hätte.

Er sah hinaus. Häuser, an denen gebaut wurde, am Feierabend oder am Wochenende. Gemauert, gestrichen. Schre bergärten. Ripanj. Wäsche an einer improvisierten Leine in einem offenen Giebel, dem noch die Außenmauer fehlte.

Jemand am Ende des Waggons, den er nicht überblickte, hatte Musik angestellt. Es klang so, wie Baran sich alte serbische Schlager vorstellte. Aber vielleicht waren sie nicht alt. Eine Männerstimme setzte ein, sang mit. Eine zweite versuchte zu folgen, blieb aber eher beim Refrain. Der Zug fuhr jetzt 45 km/h und langsamer, und Baran, dicht am Glas und im Grün von Gärten und struppigem Brachland, atmete tief ein und meinte den hohen Sommer zu riechen. Was aber im klimatisierten Abteil nicht möglich war.

Am Bahnhof in Belgrad hatte er sich Wasser und eine Tüte Kekse gekauft. Er riß sie auf und nahm einen der Getreideriegel heraus, die die Form von Dominosteinen hatten. Es fühlte sich im Mund sandig, dann pappig an. Er konnte nicht identifizieren, was er da aß. *Slani kreker od prosa i lana* las er auf der Verpackung. Er gab den Text im Handy bei Google Translator ein und erhielt: *Salzige Kekse aus Hirse und Flachs.* Er hatte noch nie Kekse aus Hirse und Flachs gegessen. Und sie schmeckten ihm auch nicht. Aber als er wieder und wieder *od prosa i lana* las, was ihm gefiel und bei dem er – wider jeden Sinn – Prosa und Wolle assoziierte, und als er nun auf der Tüte eine Handvoll Hirse und blaue Flachsblüten sah, da begannen die Kekse ihm doch zu schmecken. Er aß sie langsam und trank Wasser dazu.

Die Durchsagen waren zweisprachig, Serbisch und Englisch. Nicht alle Haltestellen wurden angesagt. Und zwischen den Stationen ertönte immer wieder der Hinweis, daß Rauchen in den Abteilen nicht gestattet sei. Der Zug hielt an Bahnhöfen, bei denen Reisende über die Gleise gingen, er fuhr an stillgelegten Bahnhöfen vorbei oder hielt auf offener Strecke. Die sich, wenn jemand aus- oder einstieg, dann doch als eine Haltestelle erweisen konnte.

Blaue Loren auf einem blinden Gleis. Eine Katze, lauernd im Gras. Ein Bahnübergang mit einem Jungen, der ein Fahrrad hielt.

Auf einmal schien ihm dieses langsame Bahnfahren demokratisch. Der Zug zeigte, daß es diese Ortschaften gab, daß es alle diese Menschen gab, die in diesen Ortschaften lebten. Hinter diesem Buschwerk, bei diesen Bäumen, an dieser Lichtung. Ab und an eine Birke, eine Gruppe von Akazien, ein Feldweg; der Zug fuhr auf einer hohen Trasse und darunter lag ein Maisfeld, am Hügel ein Gehöft. Ein Tunnel. Die Temperaturanzeige fiel auf 22 Grad. Die Streckenführung entließ den Zug in die grüne Unterwelt eines Waldes. Ralja. Sopot Kosmajski. Und zum ersten Mal beschleunigte er auf 100 km/h. Sauste an Wäscheleinen vorbei. Und bremste schon wieder ab. Mladenovac. Neue Reisende stiegen ein. Und es ging weiter. Vielbunte und braune Landstreifen. Zwei weite Sonnenblumenfelder. Eines, in dem sich die trockenen Pflanzen wie Marionetten neigten, das andere, das noch Blatt- und Stengelgrün zeigte mit dem Aufruhr gelber Blüten, die die schweren Samenmitten faßten.

Baran stand auf, holte seine Tasche von der Gepäckablage. Er griff nach den *Geschichten aus Vukovar*. Öffnete sie, blätterte, las. Und unvermittelt stieß er auf einen Satz, der sich an Menschen, die suchten, an ratlos Suchende richtete: *In Ihrem Unterbewußtsein schwebt ständig die Furcht, daß die Welt den Reisenden auslachen wird, der in den Norden will und zum Süden geht, oder gar, daß Sie erkennen, daß Sie sich in einer Sackgasse befinden, daß Ihr ganzes Leben vergebens war, weil Sie nirgendwo angekommen sind.* Er las unkonzentriert weiter, weil er begonnen hatte, darüber nachzudenken, warum er Alva so einen kühlen, scheinbar abgeklärten Brief geschrieben hatte. Ja, zwischen den Zeilen würde sie lesen können. Aber warum mutete er ihr zu, zwischen den Zeilen zu lesen? Etwas stieg in ihm auf, das ihn eng werden ließ. Er atmete durch. Er legte das Buch zur Seite. Er wollte sehen. Sich fortsehen in Wiesen, in fliehende Felder, die zu zögern begannen. Der Zug näherte sich langsam einem Bahnhof. Fuhr aber noch weiter. Container auf stillgelegten Gleisen. Nun hielt er. Palanka.

Und dann war der kleine Bahnhof mit dem Bahnhofsvorsteher wieder stärker als diese Enge in ihm.

Eine junge Frau, vielleicht noch ein Mädchen, stieg aus, sie trug zwei Rucksäcke, einen am Rücken und einen vor der Brust. Sie war schmal, ihre langen Haare lagen glatt auf den nackten Oberarmen des ärmellosen T-Shirts. Helle Jeans, Dreiviertel-Länge, weiße Turnschuhe. Eine Erscheinung, die in New York, in London, in Paris, Berlin hätte aussteigen können. Aber sie setzte ihre Schritte entschieden auf den Bahnsteig in Palanka, Serbien, die Sonnenbrille noch auf dem Kopf im Haar.

Als der Zug wieder anfuhr, sah er, daß der Mann mit dem weißen Hemd und der schwarzen Weste dabei war, auf ihn zuzukommen. Doch er ging an ihm vorbei, wohl Richtung

Toilette. Täuschte er sich, oder hatte er, als er auf seiner Höhe war, kurz gezögert?

Und als er zurückkam, blieb er tatsächlich stehen.

– Sie lesen die *Geschichten aus Vukovar*, fragte er auf Deutsch mit einem Akzent, den Baran nicht einordnen konnte. Und schon hatte sich der Fremde ihm schräg gegenübergesetzt, auf den Sitz am Gang, mit dem Rücken zur Fahrtrichtung.

– Sie gestatten?

Sein Mund verzog sich zu einem schmalen Lächeln. Es wechselt, wissen Sie. Das will niemand so recht wahrhaben, aber es wechselt. Die Täter sind die Opfer, sind die Täter, die Opfer. Die Aggression ist die Dummheit, die jeden befallen kann. Diese Wut, etwas Besonderes zu sein. Vielleicht ein Relikt aus der Zeit, als wir noch Reißzähne hatten und andere zerfleischen mußten, um zu überleben.

Baran erschrak und schaute dem Fremden ins Gesicht. Er hatte mehr Falten, als es von weitem den Anschein gehabt hatte. Seine grauen Augen waren jung.

– Sie fahren nach Niš?

Baran nickte.

– Alle Ausländer fahren nach Niš. Im Sommer vor allem die Biker aus einem kühleren Europa, mit ihren edlen Rädern. Oder die Interrailer mit ihrem teuren Leichtgepäck. Und dann staunen sie, wie man so langsam vorwärtskommen kann, auf Schienen. An all diesen kleinen Bahnhöfen wie Hühnerställe.

Baran wußte nicht, was er sagen sollte. Aber er spürte, daß der Fremde etwas wollte.

– Und Sie lesen die *Geschichten aus Vukovar*. Das interessiert mich. Baran versuchte etwas zu sagen, aber der Fremde sprach weiter: Sicher, Vukovar, die aggressiven Serben, diese Schlächter mit ihren Freischärlern, die die kroatische Grenzstadt angriffen und sie in Schutt und Asche legten. Aber die Kroaten holten sich ihre Stadt zurück. Und, glauben Sie mir, sie waren nicht zimperlich.

Der Fremde grinste und seine Augenbrauen verschoben sich ein wenig auseinander.

– Ich erwarte von Ihnen keine Antwort, lieber Leser von wahren Geschichten. Geschichte wird von denen geschrieben, die nicht dabei waren. Sie waren nicht dabei, also verschonen Sie mich mit Ihrer Meinung.

Baran wich ein wenig auf seinem Sitz zurück: Sie sprechen gut Deutsch. Wo haben Sie das gelernt? Und als der Fremde nicht antwortete: Entschuldigen Sie, ich wäre nicht auf die Idee gekommen, eine Meinung zu haben zu diesem Krieg. Und schon gar nicht, sie zu äußern.

Er versuchte, den Mann freundlich und ein wenig beiläufig anzusehen. Er wollte ihn nicht gegen sich aufbringen.

– Mein Deutsch? Ein paar Semester in Wien, Journalismus und Kulturwissenschaft. Aber das wäre ein anderes Thema. Also, mögen Sie Greuelgeschichten?

Der Fremde hatte seine Handflächen auf seine Knie aufgestützt und sich ein wenig zu ihm gebeugt. Und nun flüsterte er: Mögen Sie eine wahre Greuelgeschichte hören, eine Geschichte aus dem schönen Niš?

– Ich bitte Sie, ich weiß nicht, was Sie mir sagen wollen.

– Dann hören Sie zu.

Der Mann lächelte nun gewinnend, als sei sein Lächeln eine Leimspur, mit der er Baran binden könnte wie eine verwirrte Fliege.

Und als der Mann sich nun wieder zurücklehnte und anhob zu erzählen, roch Baran einen Hauch Kampfer und Minze. Vielleicht kam er von dem Fremden, vielleicht doch von den Frauen; eine hatte begonnen, in ihrem Korb etwas umzusortieren.

Der Zug quietschte, Räder schlugen unregelmäßig auf Gleise, die Fahrt war so unruhig, daß die Oberkörper hin- und herschwankten und ständig wieder justiert werden mußten.

Der Zug hielt erneut. Baran und der Fremde richteten sich auf. Der Zug fuhr an.

Hatte der Zug schon vorher so geschwankt oder fiel ihm diese Fahrtunruhe nun erst auf, da er dem Fremden ins Gesicht sah?

– Es war im Mai 1809, alles blühte. Und in den Hügeln nordöstlich von Niš formierten sich serbische Widerstandsgruppen. Die Menschen hatten mehr als genug von der 300-jährigen osmanischen Besatzung. Schließlich standen 16 000

Serben 20 000 osmanischen Soldaten gegenüber. Vermutlich hätten die Serben eine Chance gehabt, hätten sie sich auf eine gemeinsame Strategie einigen können. Konnten sie aber nicht. Konnten sie einfach nicht, die tapferen Recken. Sie stritten. So wurden sie vernichtend geschlagen. Am 31. Mai 1809 starben in den Höhen von Čegar etwa 3000 Rebellen. Und Hurschid Ahmed Pascha, der Anführer des osmanischen Heers, kam auf die kreative Idee, in Niš, direkt an der Hauptstraße nach Konstantinopel ein Denkmal errichten zu lassen. Ein Denkmal? Eine Warnung! Für alle, die sich weiter gegen die Osmanen auflehnen wollten. Und er ließ, so originell muß man erst einmal sein, aus den Schädeln der Gefallenen einen Turm bauen. Einen Quader aus menschlichen Köpfen in einer Masse aus gebranntem Kalk und Sand: 14 Reihen, auf jeder Seite mit 17 Öffnungen. Das gibt bei vier Seiten ziemlich genau 952 Schädel.

Der Fremde machte eine kurze Pause.

– Die Restkörper der Geköpften wurden mit Baumwolltüchern ausgestopft und nach Konstantinopel geschickt. Zur Freude des Sultans.

Ein Schaffner kam vorbei, wollte aber ihre Fahrausweise nicht sehen.

– Heute hat der Turm eine Überbauung. Er steht in einer Art Kapelle, die ihn schützen soll. Er ist auch nicht mehr so hoch, wie er einmal war. Hinter Glaswänden glänzen einzelne Schädel zwischen leeren Kuhlen. Es sind noch 58 Schädel übrig; die anderen wurden gestohlen. Man weiß nicht warum.

Wollte jemand so einen Kopf beerdigen? Nahm er ihn mit aus Lust am Schauder? Stimulans für den Schreibtisch? Die Spezies Mensch ist erstaunlich. Finden sie nicht?

Baran wußte nicht, was ihn mehr irritierte. Die Tatsache, daß hier in Niš ein Turm aus menschlichen Schädeln stand oder der Umstand, daß sie nach und nach gestohlen worden waren. Er lehnte sich zurück und sah in das Vorbei vor dem Fenster.

– Man kann ihn besichtigen, diesen Turm?

– Ja sicher, mein Lieber. Ćele Kula ist eine Touristenattraktion. Und Sie zahlen Eintritt. Aber Sie dürfen nicht photographieren. Und alle photographieren. Sie finden genügend Bilder im Netz.

Sie schwiegen und die Hügel zogen Furchen in den Horizont.

– Hurschid Ahmed Pascha. Sie hören diesen Namen heute zum ersten Mal, nicht?

– Schon.

– Er war ein Christenkind aus dem Kaukasus, Sohn orthodox-georgischer Eltern. Von alter, pharaonischer Schönheit, wenn Sie dies erlauben mögen.

Hier verbeugte er sich mit einem maliziösen Lächeln.

– Und klug. Knabenlese, sagt Ihnen das was?

– Ich habe davon gehört.

Aber der Fremde fuhr fort: Die Kundschafter der Hohen Pforte zogen durchs Land und ließen sich von den orthodoxen Priestern die Taufregister vorlegen. Sie suchten sich die attraktivsten Jünglinge aus. So kam Hurschid aus dem Kaukasus zu den Janitscharen nach Konstantinopel.

– Aber zu dieser Zeit gab es doch keine Knabenlese mehr?

– Wie man's nimmt. Nicht alles ist offiziell. Es war immerhin gute alte Tradition, daß ein Sultan eine Elite-Armee aus christlichen Knaben unterhielt. Sie mußten zum Islam konvertieren. Und gehörten dann ihm. Schließlich hatten sie ja keine Familie mehr.

Der Fremde zog eine Schachtel Zigaretten aus der Gesäßtasche. Drehte sie einmal in der Hand. Und steckte sie wieder zurück.

– Palastschule also, Abschottung vom profanen Alltag. Und dann hinein in die Ausbildungsmühle der osmanischen Elite. Sprachen, neben Türkisch und Persisch auch Arabisch, und eben Sport, Reiten, Bogenschießen. Natürlich Mathematik, Recht, Theologie. Und der kleine Hurschid erwies sich als brauchbar.

Der Fremde sah zum Fenster hinaus, wo Felder in der Nachmittagssonne vorbeiflossen wie Seide.

– Und die Eltern? Ich habe mich immer gefragt, warum haben sich die Eltern nicht gegen die Knabenlese gewehrt?

– Die Mütter, meinen Sie? Warum haben sich die Mütter ihre Söhne wegnehmen lassen?

– Die Väter doch auch.

– Die Väter sahen vermutlich leichter die Chance, daß ihre Söhne beim Sultan eine Ausbildung bekamen, die sie selbst niemals hätten bezahlen können. Und die Mütter fügten sich.

Vermutlich waren die Zeiten auch weniger kinderbesessen. Nicht wie heute. Dieser Tanz ums Goldene Kalb. Kinder kamen und gingen. Diese zarten, blassen Sterbenden mit den großen Augen gehörten zum Alltag.

Der Fremde schwieg einen Moment, bevor er wieder anhob: Und natürlich gab es Eltern, die hatten Angst um ihre Söhne. Die ahnten, was ihnen blühen könnte, wenn die Knäblein zu schön waren. Und die sich wehrten. Und noch an ihrer Hausschwelle niedergemetzelt wurden.

Der Fremde lehnte sich nach vorn, die Handflächen wie Siegel auf den Kniescheiben. Und als er nun mit den Fingern flüchtig eine Strähne aus der Stirn wischte, roch Baran Lavendelwasser, das er aus Istanbul kannte.

– Nur noch ein Wort zu Hurschid Pascha. Ein Massenmörder und eine tragische Figur, wahrscheinlich. Weil wir doch bei Tätern und Opfern waren. Wollen Sie es hören?

Er lachte und zeigte schadhafte Zähne, vom Tabak vergilbt.

– Hurschid wurde schnell ein Liebling des Sultans, er bekam hohe Ämter. Nach der Katastrophe von Napoleon in Ägypten – der kam ja mit 30 000 Mann dort an und mit gerade mal 10 000 zurück, aber klar, immerhin hat er damit die Ägyptologie erfunden – also, was wollte ich sagen: Nach Napoleons Abzug wurde Hurschid auch noch Gouverneur von Alexandria. Er geriet in Machtkämpfe mit einem rivalisierenden Pascha. Konnte sich vier Jahre halten, verbarrikadierte sich am Ende in der Zitadelle von Kairo, bis er aufgab. Danach wurde er Gouverneur in Rumelien und schlug erfolgreich nicht nur den ersten, sondern auch den zweiten Aufstand der Serben gegen die osmanische Herrschaft nieder.

– Rumelien, Oströmisches Reich, Byzanz, und wir fahren da gerade durch. Baran versuchte zu lächeln.

– Oh bravo, schau an, das wissen Sie! Woher wissen Sie das?

– Ein Freund von mir beschäftigt sich mit Byzanz.

Und Baran meinte zu beobachten, daß die Lippen des Fremden bei den Worten *Ein Freund von mir beschäftigt sich mit Byzanz* etwas schmaler wurden. Doch der Mann fuhr fort:

Richtig, Serbien war ein Teil des Oströmischen Reichs, ein Teil von Byzanz. Aber nicht nur mit den Länderbezeichnungen geht hier einiges durcheinander. Jedenfalls war unser tapferer Hurschid bald zwischen Nordgriechenland und der Peleponnes, dem alten Morea, mit der Niederschlagung des griechischen Unabhängigkeitskriegs beschäftigt. Aufstände niederschlagen konnte er. Und es gelang ihm doch tatsächlich, Ali Pascha zu ermorden, diesen albanischen Hund, der dem Sultan untreu geworden war. Sagt dir Ali Pascha etwas?

Baran wunderte sich, daß der Fremde ihn auf einmal duzte. Er schüttelte den Kopf.

– Na gut, mein lieber Flaneur auf der Balkanroute, hör zu! Ali Pascha war ein Despot, ein prächtiger Tyrann. Er hatte sich von der Hohen Pforte unabhängig gemacht und in Albanien ein eigenes Imperium gegründet. Und hier wurde er zu einem Gegenspieler des Sultans. Er hatte eine Menge griechische Warlords in seiner Armee.

Nun kruschtelte der Fremde in seiner Westentasche. Zog ein Briefchen mit flachen Kaugummis hervor. Minze. Er hielt es Baran hin. Der nickte und zog einen heraus. Er wickelte das dünne, innen leicht pudrige Papier ab.

– Also zurück zu Hurschid, dem Schöpfer unseres Schädelturms.

Der Fremde schnippte das Papier mit der Fingerspitze in den Gang und zerbiß den Streifen.

Im Januar 1822 tötete Hurschid den untreuen Ali Pascha, diese albanische Legende, der sich anmaßte, es mit dem Sultan aufnehmen zu können, und sandte den Kopf, eingesalzen, nach Konstantinopel. Auch Ali Paschas drei Söhne ließ Hurschid nach und nach beseitigen, seine griechische Frau kam ins Gefängnis.

Und nun lief er zu großer Form auf. Er brachte eine Armee von 80 000 Leuten zusammen und wollte den Befreiungskampf der Griechen endgültig niederwerfen. Doch er scheiterte an Intrigen. Seine politischen Gegner, denen er zu mächtig geworden war, behaupteten, er habe Schätze Ali Paschas unterschlagen. Tja, und Hurschid war zu stolz, um sich zu verteidigen. Das hatte er nicht verdient! Und auch als er hörte, daß man ihm nach dem Leben trachtete, floh er nicht. Er blieb in Thessalien, in seinem Stützpunkt Larissa. Wo er sich am 30. November 1822 mit Gift das Leben nahm.

Der Fremde kaute und sah zum Fenster hinaus.

– Ja, es war einmal der Orient. Oder das, was der Westen hier suchte. Sagt dir Lord Byron etwas?

Baran zog die Schulter hoch. Der Name schon. Aber, ehrlich gesagt, mehr nicht.

– Ein Popstar der Romantik, ältester englischer Adel. Flirrend. Attraktiv. Geheimnisvoll. Ein Hurensohn, der es mit Männern und Frauen trieb und dann noch seine Halbschwester fickte. Entschuldigung, zur Geliebten nahm.

Der Fremde entließ ein meckerndes Lachen.

– Ein Skandal in der Londoner Gesellschaft. Um sich zu rehabilitieren, heiratete er eine ebenso vermögende wie gebildete Lady, die er *Prinzessin der Parallelogramme* nannte. Sie interessierte sich für Mathematik. Doch er hielt sie nicht aus. Nach der Geburt der Tochter ging der Lord wieder auf Reisen. Ali Pascha hatte Byron schon früher, bei dessen erster Grand Tour durch den Balkan, empfangen, zwischen Marmor und scharlachroten Ottomanen, wie einen König. Er schenkte ihm ein Pferd. Der einflußreiche Engländer sollte ihn unterstützen. Und nun gut zehn Jahre später – da waren Ali Pascha und Hurschid schon tot – zog der Lord in den griechischen Unabhängigkeitskrieg. Volle Uniform, Epauletten, Übermantel aus roter Seide. Eine Heilsgestalt. Er wollte die Griechen erlösen. Leider war es dann nichts mit dem Partisanenauftritt. Wenig heldenhaft krepierte der Lord in einem lausigen Bett in Mesolongi. An Malaria, Ostern 1824. Wurde 36 Jahre alt.

Der Fremde seufzte.

– Seinen Körper brachten sie nach England. Aber sein Herz, so wollte er es, wurde in Mesolongi begraben.

Und als Baran schon fast von Cusanus sprechen wollte, dessen Herz in Kues lag und dessen Körper in Todi, und als er beinahe dabei war, laut zu überlegen, was es heißt, wenn das Herz an einem anderen Ort begraben wird als der Körper, da hatte der Fremde schon weitergesprochen: Alles in allem doch eine bemerkenswerte Figur, dieser Lord Byron, ein Irrlicht. Aber aufmerksam, genau. Wenn du die *Geschichten aus Vukovar* durch hast, solltest du *Childe Harold's Pilgrimage* lesen. Ziemlich erstaunlich. Da erzählt er von seinen Reiseerlebnissen. Und er sieht den englischen Kulturimperialismus so glasklar wie die osmanische Despotie. Er dachte nicht in Hierarchien, oben der Westen, der Orient unten. Eine ganz ungewöhnliche Person. Also das müßtest du zugeben, wenn du etwas von ihm wüßtest.

Der Fremde sah auf seine Armbanduhr.

– Ah, mein Lieber, fast hätten wir uns verplaudert. Nun muß ich dich verlassen.

Er stand auf. Und Baran fürchtete, daß er zum Abschied versuchen würde, den Kopf gegen seine Schläfe zu legen, oder die Wange an seine Wange, und so sagte er schnell: Aber was wollten Sie mir sagen?

Doch der Mann war schon dabei, zu seinem Platz zu gehen, wo noch sein Mantel lag.

– Nichts, er lächelte zurück. Ich wollte mich nur nicht langweilen. Und jemandem, der die *Geschichten aus Vukovar* liest, einen Wink geben, wenn er hier durch unser schönes Land fährt. Er klopfte mit seiner Hand zweimal auf seine

Brust, ließ sie dann dort liegen und verbeugte sich ohne ein Lächeln.

Er ging davon.

Die Räder schlugen. Der Waggon lief unruhig in der Spur. Und der Fremde drehte sich noch einmal um. Er kam ein paar Schritte zurück.

– Ist ein Mensch, der sich das Leben nimmt, ein Täter oder ein Opfer?

Er entblößte seine gelben Zähne.

Baran sah ihm nach und wußte in diesem Moment, daß der Fremde die Geschichte, die er ihm hatte erzählen wollen, nicht erzählt hatte.

Und er hörte das Singen der Reisenden, die er nicht sah, vom Ende des Abteils, das, in Fahrtrichtung, ja eigentlich der Anfang des Waggons war.

Der Fremde war nicht mehr an Baran vorbeigekommen, er hatte die Tür bei den Singenden genommen, die von seinem Platz aus näher lag.

Baran sah ihn noch auf dem Bahnsteig von Lapovo Varoš, der direkt an der Dorfstraße lag. Baufällige Häuser, die vielleicht weniger baufällig waren, als sie aussahen. Und doch, hier wohnten keine Sieger. Und dann sah er, wie der Fremde in Richtung einer Reihe am Bahnhof geparkter Autos ging. Sie waren alle groß und neu oder zumindest gut gepflegt. Der Fremde verschwand hinter einem schwarzen Landrover.

Der Zug fuhr an, beschleunigte auf 88 km/h, um nach wenigen Minuten wieder abzubremsen, zu halten. Auch an diesem kleinen Bahnhof las Baran den Namen Lapovo mit einem Zusatz, den er nicht entziffern konnte. Die Karte half nicht weiter. Er sah auf ihr nur das in blauen Schlingen laufende Band der Morava.

Vor sanften Hügeln verrosteten Container auf verrostenden Loren. Und kaum hatte er sie angesehen, hielt der Zug vor einem gelben Bahnhofsgebäude, größer nun als die beiden vorangegangenen, wieder mit dem Namen Lapovo, diesmal ohne Zusatz. Der Fremde war im Vorort einer kleinen Stadt ausgestiegen. Die Karte zeigte, daß sich in Lapovo die Eisenbahnstrecke teilte, und schon erkannte er, im langsamen Weiterfahren, auch das abzweigende Gleis Richtung Kosovo.

Er streckte seinen Rücken durch. Er sah hinaus, manchmal ohne zu sehen.

Bahnhofshäuschen kamen vorbei, Bahnhofsvorsteher grüßten mit Kellen. Sie trugen hier nicht, wie in Kroatien, weiße Hemden, sondern Hemden in einem hellen Blau. Bei einem selbstgemauerten Haus aus Backsteinen winkte ein junger Mann, einen weißen Spitzmischling auf dem Arm, dem Zug nach. Als sei ein Zug ein Versprechen, das ein Winken einholen könne.

Hügel begannen, schwangen aus, begannen von neuem. Laubwäldchen kamen nah und öffneten sich zu Lichtungen. Der

Wagen ruckelte und schnurrte wie eine Katze, als handelte es sich hier nicht um Eisen auf Eisen, sondern um Holz auf Holz. Drei Ziegen zupften im Gras vor einer rostroten Lore. Pfützen. Und jede Pfütze ein Spiegel, jedes Blatt ein Vorwand für Glanz. Im niedrigen Gras ein Trampelpfad. Wie für ein Kinderspiel. Am Rand einer Wiese ein einzelner Korbstuhl.

Die Langsamkeit schien dem Reisen das Anstrengende zu nehmen. Man war unterwegs, aber war zugleich doch auch da. Das alles hatte etwas von einem Bilderbuch. 27 Grad jetzt, 40 km/h. Zunehmend bekam das Licht eine andere Brechung, wurde intensiver. Als sei es von einer dichteren Substanz. Die Helle wußte schon von der Dämmerung.

Bukovče, Jagodina. Eine Frau mit Roll-Einkaufstasche stieg aus. Ihr Gesicht voll pergamentener Falten erzählte von in der Sonne gelebten Jahren. Das weiße Haar glänzte im Licht wie blond. Eine Familie stieg ein. Die Mutter mit kindlichen Backen nahm einen Säugling auf den Schoß, der zahnend sabberte; der Vater setzte das Mädchen neben sich und fixierte mit dem Fuß den Kinderwagen, den er zwischen die Bänke geschoben hatte. Das Mädchen, es war etwas älter als Florinda, begann mit seinem Handy zu spielen. Es hörte ein englisches Kinderlied *Baby shark, baby shark, where are you? Here I am, here I am, how do you do*, zu dem ein Film mit bunten Figuren lief. Der Zug beschleunigte, die Räder waren wieder aus Eisen. Und wurde langsamer. Gilje. Die Bahn begann, mit der Morava zu spielen. Sie überquerte den Fluß, begleitete ihn. Cuprija. Paraćin. Sikirica-Ratari. Haltestellen im Minutentakt. Drenovac, 26 Grad, 50 km/h. Cicevac. Und immer wieder draußen diese Bänke, auf denen Menschen im Abendlicht saßen und auf den Zug warteten. Auch wenn sie nicht einsteigen würden. Auch wenn sie niemanden abholen wollten. Nur dasitzen. Auf der Bank beim Bahnhof, die etwas zuließ, für das sie keinen Namen brauchten.

Und vielleicht kam doch jemand vorbei, den man kannte und der etwas Neues wußte.

Baran zuckte auf. Dicht nacheinander, fast gleichzeitig, kamen zwei Handy-Nachrichten. Cla. Alva. Er öffnete zuerst Clas SMS. Vor ihr hatte er weniger Angst. Cla schrieb, daß er ihm eine gute Weiterreise wünsche. Und daß er vielleicht nicht zu Hause sein würde, wenn er in Istanbul einträfe. Er plane einen kurzen Ausflug nach Thessaloniki. Aber er sei noch nicht sicher. Baran schloß die Nachricht. Und blitzhaft fiel ihm der Fremde von eben ein, wie er hinter diesem schwarzen Auto verschwunden war. In Lapovo Varoš. Was wollte Cla in Thessaloniki? Die Biennale war erst im November. Lockten die Clubs? Cla hatte offengelassen, warum er fahren würde.

Die Plastikstimme aus dem Handy des Mädchens war lauter als das Singen im Abteil, das wieder begonnen hatte.

Der Fluß war jetzt nah. Eine grüne Tiefe in grünen Abhängen. Schilf und Schlingpflanzen, wilder Hopfen rankte an Akazien hinauf. Die Feuchtigkeit der Morava stieg als Grün hoch in den Himmel. Die Bäume atmeten wie Unterwassergewächse. Der Fluß war zu sehen in der Art seines Grüns, auch wenn er nicht zu sehen war. Manchmal blitzte er auf als Schild, als Glas, als Täuschung. War es der Fluß?

Braljina. Cerovo. Der Zug überquerte den Fluß. Staro Trubarevo, der Bahnhof wie ein Bushäuschen. Hügel jetzt, struppig, schaumig, fließend. Dann einzelne Birnbäume. Als sei alles in Ordnung. Unter Birnbäumen schlafen Dinge, die gut sind. Djunis.

Baran hatte schon lange aufgegeben, die kleinen Orte auf der Karte zu suchen. Sie waren nicht da, oder sie hießen anders. Manchmal schien es, der Zug müsse halten, weil er nicht durchdrang durch all das Grün. Vitkovac.

Wie vor so schmutzigen Häuslein so weiße Wäsche hängen konnte.

Donji Ljubeš. Hochgebundene Tomaten, Felder ansteigend, wie gekämmt. Er hatte Angst und hielt sich an den Namen fest. Korman. Trnjani. Adrovac. Aleksinac, das mußte ein größerer Ort sein. Ein Garten eingezäunt, ein Garten nicht eingezäunt. Warum zäunt man ein und warum nicht? Gänse. Vier, fünf Gänse frei. Ein angebundener Hund.

Und nun wieder die Hügel. 24 Grad, 90 km/h, als wolle der Zug Anlauf nehmen. Nozrina, Lužane, Tešica, Grejač. Die Quietsche-Stimme aus dem Handy. *Here I am, here I am, how do you do?* Supovaski Most. Der Zug fuhr über die Morava. Mezgraja. Vrtište. Die Plastikstimme. Trupale. *That smoking is not allowed.* Die Familie packte zusammen. Crveni Krst.

Die Familie stieg aus. Draußen leuchteten die ersten Straßenlaternen. Über den Himmel zogen rosa Schleier.

Baran klickte auf die Nachricht von Alva. Sie war kurz.

Der Schal lag auf dem Küchentisch, lieber Baran. Ich habe ihn auf die Fensterbank gelegt, zu den Quitten. Aber vorher habe ich ihn ein wenig getragen. Bun viadi!

Sta cul Segner,
Alva da Cuoira

Mit Schlägen aus Eisen, Schlägen aus Eisen, vor-bei, vor-bei, vor-bei, überquerte der Zug die Morava und fuhr langsam ein in das nächtliche Niš.

8. Niš – Dimitrovgrad

Durch die Scheiben schimmerte der noch junge Tag grau und feucht. Wieder saß er in einer Art von Langstrecken-Vorortzug, einer wie der, mit dem er gestern aus Belgrad angekommen war. Aber die Waggons jetzt waren älter. Sie hatten keine digitale Anzeige für Temperatur und Geschwindigkeit. Er sah hinaus. Die Betonpfeiler der rückwärtigen Bahnhofshalle trugen Seepferdchen-Graffiti. Gestern abend, bei der Ankunft, hatte er sie nicht wahrgenommen. Von Alva hatte er erfahren, daß es bei den Seepferdchen die Männer waren, die schwanger wurden und dann einen Schwarm von winzigen Seepferdchen, eine Seepferdchenwolke, ins Meer entließen. Ach, das weißt du nicht, hatte sie gelacht, alle Frauen wissen das.

Menschen mit Tüten, Taschen, Einkaufswagen auf Rollen stiegen ein.

Vor ihm lagen knapp 100 Kilometer bis zur bulgarischen Grenze. Also drei Stunden. Dort würde er einen Aufenthalt haben. Paß- und vermutlich auch Gepäckkontrolle. Danach waren es noch 65 Kilometer bis Sofia; wenn alles gut ging, würde der Zug für diese Strecke anderthalb Stunden brauchen. Die Verbindungen waren deutlich schlechter als zu Beginn des Sommers, als er mit Cla von Istanbul nach Chur gefahren war. Aber ihm gefiel diese Langsamkeit. Und zunehmend immer mehr. Sie nahm ihn in Schutz, sie war seine Komplizin. Er verpaßte nichts. Cla wäre vielleicht gar nicht zu Hause, wenn er in Istanbul ankäme, sondern in Thessaloniki. Warum sollte er schneller reisen? Sein Dasein in Zugabteilen paßte zu ihm. War er nicht unterwegs daheim? Er hatte gewußt, daß eine Eisenbahnfahrt durch den Balkan mit unerwarteten Ausfällen und Aufenthalten verbunden sein konnte. Und so hatte er in seinem Istanbuler Kalender ein paar Tage terminfrei gelassen. Die erste Verabredung, ein Treffen im Theater in Cihangir wegen eines Kavafis-Abends, würde erst in einer knappen Woche sein. Davor lag seine eigene Spielzeit, die diese Züge inszenierten.

Orte hatten ihren je eigenen Pulsschlag. Unabhängig von der Zeitverschiebung. An der bulgarischen Grenze würde er seine Uhr neu stellen müssen, um eine Stunde voraus, aber darum ging es nicht. Es war vielmehr so, daß ein Zug, ein Bahnhof, einer dieser kleinen Bahnhöfe gar, zwischen dessen Gleisen die unverwüstlichen gelben Blumen wuchsen, eine andere Zeit hatte als etwa ein Flughafen mit den Labyrinthen der Glas- und Marmorareale seiner Terminals.

Und wenn ihn Cla nicht erwartete, wartete auch sonst niemand in Istanbul auf ihn. Er war frei.

Gut, er hatte nicht damit gerechnet, in Niš übernachten zu müssen. Aber es hatte ihn auch nicht überrascht. Ein Zug war gestrichen worden. Aber es gebe am nächsten Vormittag wieder einen. Das hatte man ihm am Schalter gesagt, wo die Bahnbeamtinnen mit schnellem Blick in die Taschenspiegel schon die Lippen nachzogen und ihre Sachen zusammenpackten für den Feierabend. Und auch der Wirt in der Pension, die er unweit des Bahnhofs fand, hatte es bestätigt. Aber er solle doch den Bus nehmen! Ein Bus sei schneller. Auf die serbische Eisenbahn sei kein Verlaß! Seit den Kriegen seien die Strecken nicht mehr wirklich instandgesetzt worden. Die Züge würden nur kriechen, wenn sie überhaupt führen. Baran hatte nur genickt, aber nicht nach dem Busbahnhof gefragt. Wie hätte er auch erklären sollen, daß er Zeit hatte und daß er dieses stockende, sich beschleunigende und wieder ablassende *vor-bei* hören wollte, das ihn schienensicher, Eisen auf Eisen, mitnahm in all seiner Unsicherheit.

Dieser Sommer hatte ihn unsicher gemacht. Etwas in ihm bekam Sprünge.

Die Pension hieß Vila Nova. Der Wirt hatte ihn, den unfreiwillig in Niš Gestrandeten, dann freundlich hereingebeten. Er öffnete eine Zimmertür, sagte, dieser Raum habe zwar keine Sicht, aber er sei ruhig. Er könne ihm auch ein Zimmer gegen die Straße hin geben. Baran wehrte ab und stellte seinen Koffer auf den Boden. Und es war ja schon Nacht. Bevor er die Übervorhänge zuzog, sah er, daß das Fenster dicht auf eine Mauer zeigte, über die, ganz oben, ein schmales, phosphornes Band Himmel lief, wohl von einer Straßenlaterne erleuchtet.

Das Bett machte einen sauberen Eindruck. Und die Dusche funktionierte. Auch wenn der Wirt gesagt hatte, daß es mit dem warmen Wasser nicht immer gleich klappe, man also bei laufender Dusche etwas warten müsse. Baran hielt sein Gesicht in den Strahl. Er spürte, wie das Wasser über seine Schultern, seine Arme rann. Er beugte den Kopf und ließ das Wasser über den Rücken laufen. Er drehte das Gesicht wieder in den Strahl. Er drückte auf den Seifenspender und wusch sich.

Baran griff nach dem Handtuch, setzte seine nackten Füße auf das Holz des Bodens. Er trocknete sich die Haare ab. Dann den Körper. Er mochte seinen Körper. Er schien ihm einfach und verläßlich. Er zog die Unterhose und sein Reisehemd wieder an. Alva hatte es nicht nur gewaschen, sie hatte es auch ein wenig gestärkt. Es ist albern, hatte sie gerufen, als er ihr vom Türrahmen aus beim Bügeln zusah, das machen nur alte Frauen. Und sie war mit der Sprühflasche weiter über den Stoff gegangen. Aber mir gefällt das.

Das Hemd sah noch gut aus, auch wenn er es schon den zweiten Tag trug. Er blieb barfuß. Es war sommerlich.

Auf dem Weg in die Vila Nova war er an einer hell erleuchteten Bäckerei vorbeigekommen, die auf den abendlichen Gehsteig hinaus duftete. Er hatte sich in die Schlange von Frauen und Männern gestellt – wie einfach es war dazuzugehören, hineingeschmuggelt in ein Wir, das nicht wußte, daß es ein Wir war – und zwei Blätterteigtaschen gekauft. Sie waren mit Schafskäse und Spinat gefüllt. Nun brachte ihm der Wirt eine Karaffe Weißwein. Ein Smederevka sei das, angebaut hier in der Gegend, in den Weinbergen des legendären Guts Malca. Dort könne man Wein aus uralten Amphoren probieren, eingelassen in den Boden. Sie faßten 2000 Liter. Das seien Weine, die auch Konstantin der Große geschätzt habe. Er schenkte ihm ein Glas ein. Sein Bruder arbeite auf dem Gut Malca. Ob Baran sich für Wein interessiere? Er trinke ihn gerne, antwortete er und dankte. Und der Wirt zuckte nur kopfschüttelnd mit den Schultern: Er müsse wiederkommen, die serbischen Weine kennenlernen. In Mittelserbien blühe der Weinbau noch. Mittelserbien habe weniger unter den Kriegen gelitten.

Auf der Resopalplatte des Schreibtischs lag ein Faltprospekt, das schon durch einige Hände gegangen war. Auf der einen Seite war ein Stadtplan gedruckt; auf der anderen Seite zeigten einzelne Felder Sehenswürdigkeiten von Niš.

Als er in den Blätterteig biß, bemerkte er, wie hungrig er war. Und als er nun kauend den Flyer öffnete, begriff er, wo er sich befand. Und warum der Wirt Konstantin den Großen erwähnt hatte.

Er war in Niš, freilich. Niš an der alten Heeresstraße der Römer, Via Militaris, oder auch Via Diagonalis, die quer durch den Balkan lief, der *Königsweg*. Im Mittelalter kamen die Truppen der ersten drei Kreuzzüge über diese Straße. (Die Venezianer, die ihre christlichen Brüder angriffen und Konstantinopel plünderten, kamen dann über das Meer.) Niš war Verkehrsknotenpunkt, eine wichtige Station des Orientexpress. Aber Niš war eben noch etwas anderes, das ihm nicht bewußt gewesen war: der Geburtsort von Konstantin. Niš, das römische Naissus, gelegen in der Moesia Superior, einem Gebiet, das sich hier mehrere 100 Kilometer in westöstlicher Richtung südlich der Donau erstreckte. Das Faltblatt zeigte die Ausgrabungsstätte Mediana. Hier lagen die Reste von Konstantins einstiger Prachtpalastanlage. Man sah Ruinen eines von Kolonnaden gesäumten Innenhofs, Mauern von Thermen, aneinandergefügte Steinblöcke erinnerten an einstige Straßenzüge. Auch ein Bodenmosaik war abgebildet. Eingebettet in ein Oktogonal und umgeben von rein geometrischen Formen in Blau-, Grau- und Rottönen, die wiederum gefaßt waren von einem Muster quadratischer Teppiche und Rauten, so als ginge die Fülle dieser Formen und Farben von ihm aus, lag ein weibliches Gesicht. Es lächelte.

Es lächelte nicht, und es schrie nicht. Und doch schien es zu lächeln und auch zu schreien mit seinem offenen Mund. Streckte es die Zunge heraus? Die rechte Gesichtshälfte war zerstört, aber ein Auge sah den Betrachter klar an. Auf dem Kopf hatte die Frau – war es nicht eher ein Mädchen? – etwas, das auf den ersten Blick wie eine blaue Haarschleife aussah.

Baran suchte das Bild mit dem Handy: Niš, Mediana. Das, was er auf dem Faltblatt sah, sei ein Medusenantlitz. Er vergrößerte das Gesicht. Aber die junge Frau, das Mädchen, blieb rätselhaft. Wie pausbäckig, wie vielleicht ein wenig frech. Und die herabfallenden Haare sahen aus wie Locken, nicht wie Schlangen. Ein weiblicher Kopf aus dem 4. Jahrhundert nach Christus. Konstantin der Große hatte mit ihm gelebt, wenn er hier über das Mosaik ging, über den Formenteppich aus vielkleinen Steinen.

Und obwohl da keinerlei Ähnlichkeit war, dachte Baran, als er in dieses verletzte Frauengesicht sah unter seinen lichtblauen Flügeln, an Alva.

Er hatte also übernachtet, da, wo Konstantin der Große an einem 27. Februar zwischen 270 und 288 auf die Welt gekommen war. Hier begann Ostrom, die Ära von Konstantinopel, als Hauptstadt des neuen Kaiserreichs, in Niš lagen die Wurzeln von Istanbul.

Und von hier gingen Gedanken der religiösen Toleranz aus. War es doch Konstantin, der, nach Zeiten der Christenverfolgung, das Christentum als Religion des Imperium Romanum anerkannte. Ein Christentum, in dessen Zentrum ein vom Römischen Reich gekreuzigter Verbrecher stand.

Natürlich malte er sich, Smederevka trinkend, sein Erwachsenen-Bilderbuch zusammen, wenn er nun Konstantin mit der Idee verband, daß Menschen in ihrer Sehnsucht frei waren, daß sie es wert waren, auf verschiedene Weise glauben zu dürfen. Daß der Horizont offen war für die seltsamsten Sicherheiten in der Not. Tempel, Kirche, Synagoge, Moschee waren, wie eine der Alphütten, von denen Alva erzählte, Refugien. Auch für ihn, der nicht schwindelfrei war und der sich einen Agnostiker hätte nennen können, wäre er gefragt worden. Einen griechisch-orthodoxen Agnostiker vielleicht, und manchmal auch einen muslimischen. Das hing von den Räumen ab, die ihn aufnahmen.

Und war nicht ein fahrender Zug zwischen Chur und Istanbul auch ein profanes Heiligtum, zumindest für einen, der doch noch an die Menschen glaubte?

Für einen Moment hatte er gestern noch erwogen, einen Tag in Niš zu bleiben, um das Bodenmosaik mit dem Gesicht in der Mitte all der vielen Muster zu sehen. Aber auf der Website von Mediana hatte er dann gelesen, daß die Ausgrabungsstätte wegen Restaurationsarbeiten geschlossen sei. Und als der Zug nun mit einem Ruckeln anfuhr, als wolle er die Gleise prüfen, und weiterfuhr und fuhr, um bald wieder zu halten und anzufahren und zu halten, da wußte er, daß er wiederkommen würde. Und dann fiel ihm ein, daß Alva dieses Gesicht sehen sollte, mit dem Konstantin in Niš gelebt hatte.

Wiesen, fließendes Grün. Bahnübergänge, mit einer rot-weiß-roten Schranke gesichert. Oder nicht gesichert. Und der Zug hielt. Und hielt. Und hielt. Bahnhofshäuschen wie vergessen. Niška Banja, Prosek, Sicevo, Ostrovica, die Bahn arbeitete sich durch eine tiefe Schlucht; sie folgte der Nišava, die sich hier in die Felsen eingegraben hatte. Flüsse zeigten den Gleisen den Weg. Gleise spielten mit Flüssen, überquerten sie, liefen links oder rechts der Wasser. Hatte nicht auch die Save seine Fahrt von Dobova bis Belgrad bestimmt. Und später die Morava, und nun die Nišava, ihr größter rechtsseitiger Zufluß. So war er in den Zügen gleichfalls ein Strömender, verbunden mit fließenden Mustern, eingebunden.

Mit Alva und Cla war er in der Rhätischen Bahn die Rheinschlucht entlanggefahren. Unwahrscheinliche Momente, Schwindelblicke in Fels und Flußtiefen. Und wenn er nicht wüßte, daß er gerade durch Serbien fuhr, könnte, für die Täuschungen von Sekunden, der Augenschein ihn im Bündnerland sein lassen. Und war er nicht auch dort?

Eine Frau mit einem Korb war eingestiegen. Ein Blumentuch bedeckte, was der Korb enthielt. Eier? Ein gebundenes Huhn? Trauben? Brot? Sie sah sich um und setzte sich dann mit der Vorsicht eines Menschen, der auf Schmerzen gefaßt ist, nieder. Sie sah zum Fenster hinaus, ohne etwas anderes sehen zu wollen, als daß der Zug nun fuhr. Ihre Hände lagen auf dem Henkel des Korbs, der auf ihrem Schoß stand, so als sei er ein Teil ihres Körpers.

Am Morgen war er an diesem Markt vorbeigekommen. Er war früh erwacht und hatte beschlossen, vor der Abreise noch ein wenig durch Niš zu gehen. Unter Girlanden von

Vogelkäfigen und Knoblauchzöpfen dehnte sich vor ihm bald unabsehbar ein Kosmos von Verkaufsständen aus. Doch er wollte nicht hineingehen, aus Angst, sich im Gewirr zu verlaufen und dann vielleicht den Zug zu verpassen. Lackhügel roter Paprika, gestapelter Kohl im lila Schimmer delikater Rosen, Gurken, die ihre wie bereiften Körper zeigten. Aufbauschen von Zwiebeln. Schubladen voller Gewürze, oder waren es Pigmente? Schaumiges. Aufquellendes. Gefieder. Ein Augenaufruhr. Er schaute vom Rand in die Fülle, blieb aber draußen. Vielleicht hatte er deshalb die Reihe der anderen wahrgenommen.

Nebeneinander, vor dem Marktareal auf dem Gehsteig, boten einzelne Menschen ihre Waren an; offensichtlich lohnte es sich für sie nicht, eine Standgebühr zu bezahlen. Auch hatten sie zu wenig, um einen Tisch zu füllen. Sie saßen auf Blechbüchsen, Klappschemeln, Kisten. Oder sie standen. Es waren meist Frauen. Die Spanne ihrer geöffneten Knie, ihrer Ellenbogen bemaß ihr Verkaufsareal. Es gab Tüten voller Hagebutten, Säcklein mit Walnüssen; Schalen, die kleine Birnen trugen; Büschel von Minze, Petersilie, Majoran. Ein Mann sah breitbeinig hinunter in seinen Korb gefüllt mit frischen Pilzen, als sollte er sie noch einmal finden. Ein anderer hockte frei, mit der Eleganz eines alten Chinesen, vor einer Reihe von Setzlingen, die er in Joghurtbechern großgezogen hatte. All diese Dinge konnte man nur kaufen, wenn man lokales Geld besaß, Münzen und kleine Scheine. Das machte dieses Einfachste kostbar.

Er war zu einer Frau getreten, die einen Korb Heidelbeeren vor sich stehen hatte. Schöne große Heidelbeeren. Wäre das kein Reiseproviant? Sie sah ihn auffordernd an, und er nickte. Sie fragte wieviel? Baran verstand ihre Augenbrauen, die Geste ihrer Hände. Ihren Mund. Aber er hatte nicht mit einer Zahl antworten können. So griff er in seine Hosentasche.

In einer Wechselstube auf dem Weg hatte er zehn Euro in serbische Dinar getauscht, für den Fall, daß es im Zug einen Wasser- oder Kaffeeverkäufer geben sollte, was zumindest nicht ganz ausgeschlossen war. Nun reichte er der Frau eine 100-Dinar-Note, das entsprach etwa 80 Cent. Sie nickte. Er erwartete zwei, drei Handvoll Heidelbeeren. Mit einer hölzernen Kelle füllte sie langsam die blauen Beeren in eine Plastiktüte. Immer noch einen Löffel. Und noch einen. Und mit jedem Löffel erschrak Baran ein wenig mehr. Schließlich, die Tüte war fast voll, schien das Maß für 100 Dinar erreicht. Die Frau griff in ihre Jacke und holte eine Federwaage hervor. Hängte die Tüte am unteren Haken ein und hielt das obere Ende der Waage mit der Hand. Sie ließ die Heidelbeertüte frei hängen. Der Zeiger pendelte sich ein bei einem Kilo. Sie lächelte, nickte und reichte ihm die Tüte. Und er spürte, wie seine Wangen heiß wurden. Und als er weiterging, nun mit schnellen Schritten an all den Imbiß-Restaurants, Wechselstuben, Billigkleiderläden, Sanitärgeschäften vorbei, dem Bahnhof entgegen, kamen ihm die Tränen. Und er schämte sich. Er sah die Hände der Frau, die Heidelbeeren pflückte. Wie lange zupfte sie an niedrigen Sträuchern für ein Kilo? Wie oft war sie dafür in die

Hocke gegangen? Am Bahnhof dann, es war immer noch Zeit, hatte er eine Heidelbeere gekostet. Das Fruchtfleisch war fester als erwartet. Und die Beere hatte einen Kern. Sie schmeckte leicht sauer und zog ihm die Mundschleimhäute zusammen. Er, Baran Anatol Chronas, stand also am Bahnsteig von Niš, versehen mit einem Reiseproviant von einem Kilo Schlehen.

Er sah zu der Frau im Abteil, die den Henkel des Korbs, bedeckt mit dem Blumentuch hielt, nun die Augen geschlossen, sich dieser Reise ergab, die sie wohl weniger wünschte als ertrug.

Alles konnte immer anders sein.

Er hatte mit seiner Mutter Brombeeren gepflückt und später Schlehen, in verwaisten Schrebergärten bei einem stillgelegten Eisenbahnareal von Düsseldorf-Reisholz. Brombeeren für Marmelade, Schlehen für Likör. Er kannte das stachelige Schlehengebüsch, und er spürte noch seine klammen Hände, die in den Sträuchern an den Dornen vorbeigriffen und sich dann doch verletzten. Schlehen gehörten zu den Rosengewächsen. Iß nicht zu viele, hatte die Mutter gerufen, spuck die Kerne aus. Sie sind giftig, da ist Blausäure drin. Weißt du, wie bei den Bittermandeln für das Marzipan.

Da hatte er an das Rosenwasser gedacht, das die Mutter für ihr Marzipan kaufte, aber auch für das Lokum, das sie in der kleinen Einbauküche in der Düsseldorfer Werkswohnung herstellte. Und das Wort Ydrokyanio war dagewesen und die griechische Großmutter auf der Peloponnes. Mit den Quittenkernen, die sie ihrer Quittenspeise im Backblech beigab, damit sie geliere. Und der Cousin, den er schon lange nicht mehr gesehen hatte.

Und durch die Schlehen hatte er die abendlichen Feuer der Mani gerochen, wenn nach der Traubenernte an den Rändern der Dörfer aus Trester Tsipouro gebrannt wurde. Und die blauen Augen des Onkels sahen ihn an.

Das Land hatte sich wieder geweitet. Hügel durchzogen den Horizont, schwangen auf, schwangen ab. Der Zug fuhr über die Nišava. Maisfelder und Gärten. Und wieder eine Brücke über den Fluß. Ein Tunnel. Die Strecke stieg an. Baran lehnte sich zurück. Nun ein Industriezentrum, das einen Stadtteil einzunehmen schien. *Tigar Tyres* stand auf Schildern. Er tippte den Namen in das Handy. Und er las, dies sei der größte serbische Reifen- und Gummihersteller. 2007 war er von Michelin übernommen worden. Das Unternehmen hatte 2014 einen Preis für seine Investitionen in Serbien erhalten. Und er las, daß sich in jüngerer Zeit die Anwohner beschwerten. Sie beklagten die Geräuschbelastung und die Vibrationen, die von der Fabrik ausgingen, *als würde eine Zentrifuge arbeiten oder ein Flugzeug im Kreis fliegen*. Fahrräder an Betriebszäunen. Areale von Containern. Loren. Der Zug hielt am Bahnhof von Pirot. Die Frau mit dem Korb, den ein Blumentuch bedeckte, war aufgestanden und entfernte sich in Richtung Tür. Er würde nie erfahren, was sie in ihrem Korb trug.

Ein älterer Mann kam herein. Er hatte kein Gepäck. Sein weißes Hemd trug ein Segelbootmotiv. Baran meinte, die in wenigen Strichen rot, blau, schwarz angedeuteten Schiffe aus seiner Kindheit zu kennen. Obwohl mehrere Plätze frei waren, setzte sich der Mann auf den Platz, auf dem zuvor die Frau mit dem Korb gesessen hatte. Und der Zug fuhr an.

Gärten. Wiesen. Felder. Häuschen, davor Gerätschaften, die etwas Zerbrochenes hatten, scheue Imperative, so als warteten sie darauf, repariert zu werden. Vor einer abbröckelnden Mauer, die das Sonnenlicht seidig leuchten ließ, war eine doppelte Wäscheleine aufgespannt. An der oberen Schnur hingen T-Shirts und Hemden, an der unteren eine Reihe weißer Söckchen.

Etwas schön machen.

Warum? Wäsche trocknet, egal, in welcher Formation man sie aufhängt. Hatten Hände hier sortiert, weil sich die Wäsche dann leichter abnehmen ließ, hing sie doch schon in einer möglichen Bügel-Ordnung? Oder war auch eine kleine Lust am ästhetischen Spiel dabei? Etwas schön machen wollen, nur um sich daran zu freuen. Seine Mutter hatte klare Vorstellungen von einer gut bestückten Wäscheleine gehabt. Sie hatte sie inszeniert. Manchmal setzte sie noch die verschiedenfarbigen Plastikklammern bewußt ein.

Ein Arbeiterquartier in Düsseldorf. Es waren öffentliche Wäscheleinen gewesen. Nein, genauer, auf der Rasenfläche zwischen zwei Blocks von Mietwohnungen gab es eine Phalanx der sich gegenüberstehenden Eisenpfosten mit Querbalken, durch deren Haken sich Wäscheleinen ziehen ließen. Jede Frau hatte ihre eigene Wäscheleine, die sie spannte, und nach Gebrauch wieder abnahm und aufwickelte. Und seine Mutter hatte nach Thema, Größe und Farbe aufgehängt. Wobei da immer wieder Entscheidungen zu fällen waren. Dieses öffentliche Aufhängen der Wäsche hatte auch eine Kontrollfunktion. Wer wusch weißer? Er erinnerte sich an das Getuschel der Nachbarinnen über eine Lehrerin, deren weiße Unterhosen aus gerippter Baumwolle noch die Schatten von Menstruationsblut zeigten. Der Umstand, daß diese Hosen einer Erzieherin gehörten, machte die Sache noch skandalöser. Ihm waren die Schatten nicht aufgefallen, vielleicht hatte er nicht eigens zum Schritt gesehen, obwohl er damals schon am Beginn der Pubertät gewesen sein mußte und empfänglich für derlei Themen. Am liebsten sah er zu den im Wind schwingenden Laken, wie in Segel, wie in das Versprechen, wegzukommen.

Maisfelder, ein Gewächshaus, Obstbäume, ein Esel am Rand eines Kohlfeldquadrats. Nun eine Obstbaumplantage. Felder schwarz, Felder gelb, Felder grün. Eine gemähte Wiese mit dem Wellenmuster des geschnittenen Heus. An der leisen Unruhe im Abteil bemerkte Baran, daß Dimitrovgrad, der Grenzbahnhof, bald kommen würde. Ein Schild wies auf ein *Hotel Happy* hin. Darunter stand auf Türkisch *Hoşgeldiniz*, Willkommen! Aber die Strecke führte von

Serbien zunächst nach Bulgarien. Warum ein türkischer Gruß? Waren die Wirtsleute Türken? Hatte das Hotel türkische Stammgäste, die hier Halt machten zwischen Istanbul und Belgrad? Oder wollte der Gruß auf das Ziel der alten Via Militaris, der Via Diagonalis hinweisen, an deren Ende, vom Westen aus gesehen, Istanbul lag? Und schon fuhr der Zug ein in die Gleisanlage; es war der letzte Bahnhof Serbiens, hier vor dem Wiedereintritt in die EU, in das letzte EU-Land vor Asien.

9. Dimitrovgrad – Sofia

Aus dem bald einsetzenden Rangieren entnahm Baran, daß die Lok gewechselt wurde. Vermutlich bekam die Bahn nun eine bulgarische Zugmaschine. Der Mann mit dem Segelboothemd kam vorbei, er ging auf die Toilette.

Ein Grenzbeamter begann, die Pässe der Reisenden einzusammeln. Er steckte sie, in der Reihenfolge der Sitze geordnet, in eine Plastiktüte. Zwei andere querten mit einem Hund, einem Labrador oder einem Labrador-Mischling, das Abteil. Der Hund schien von derselben lakonischen Disziplin wie seine Herren. Der Mann mit dem Segelboothemd kam zurück. Baran sah, daß er sich auf seine Schritte konzentrieren mußte. Und er hielt sich fest, wo immer er die Höhe einer Banklehne, den Griff einer Armstütze zu fassen bekam.

Eine Stimme ließ ihn zusammenzucken. Er mußte sich vergessen haben, in einer jener Absencen, die die Müdigkeit mit sich brachte. Er wußte nicht, wie lange der Zug schon stand. Er sah auf die Uhr, aber er hatte vergessen, wann sie an der Grenze angekommen waren. Und es war auch egal. Die Zeit der Uhren hatte keine Autorität mehr. Er nahm seinen Paß entgegen, steckte ihn wieder ein. Er griff nach der Wasserflasche, die er sich am Bahnhof von Niš gekauft hatte und die vor ihm auf dem Tischchen am Fenster stand. Er erhob sich, nahm seinen Koffer aus der Gepäckablage, öffnete ihn und holte die Plastiktüte mit den Schlehen hervor. Langsam aß er eine nach der anderen, eine Handvoll vielleicht. Das bitter Adstringierende des Fruchtfleischs weckte ihn.

In größtmöglicher Entfernung zu ihm und zu anderen Fahrgästen hatten sich zwei Frauen gesetzt. Sie trugen bäuerliche, weite Röcke. Jede hielt eine Tasche. Die beiden tuschelten zwillingshaft, vielleicht auch verschwörerisch und so, als seien sie auf der Hut. Dann begannen sie, etwas unter der Bank zu nesteln.

Nun liefen die Gleise durch das Städtchen Dimitrovgrad. Und der Zug wurde kurz zur Straßenbahn. Kleine Restaurants, vor den Türen zwei, drei weiß eingedeckte Tische. An einem Bahnübergang wartete ein Traktor, der einen Hänger zog, auf dem Arbeiter saßen. Einige winkten. Baran sammelte die Schlehensteine in seiner Hand und gab sie dann in den Abfallbehälter unter der Tischplatte.

Kalotina. Der erste Bahnhof in Bulgarien.

Die Hügel waren nah gekommen. Die Bahn fuhr hinunter in üppiges Grün und mühte sich wieder hinauf. Sie querte Dörflein. Sie passierte Sonnenblumenfelder. Baran las die Namen der Bahnhöfe und vergaß sie wieder. Manche waren nur auf Kyrillisch geschrieben, und er konnte sie nicht mühelos und schnell entziffern. Der Mann mit dem Segelboothemd war noch einmal auf die Toilette gegangen und zurückkehrend vorbeigekommen. Und nun erschien er wieder, aber gestützt von einem jungen Mann, von dem Baran nicht hätte sagen können, ob es ein begleitender Verwandter war oder nur ein zufällig Mitreisender, der gesehen hatte, daß er Hilfe brauchte. Vorsteigermoral.

Auch er war auf der Toilette gewesen. Sie stank nach Urin, aber der Geruch war nicht abgestanden, sondern frisch. Am frühen Morgen muß sie sauber gewesen sein. Wer würde sie heute abend putzen?

Er sah nah in das Grün. Die Wasserflasche spiegelte sich im Glas. Und machte seinen Blick blind. Zu Hause in Istanbul war er es, der sich um den Haushalt kümmerte. Sie kochten beide, aber meistens gingen sie essen, weil sie nicht regelmäßig einkauften. Es gab genug Garküchen im Viertel, die nicht teuer waren, und man konnte sich auch etwas einpakken lassen, um daheim zu essen. Es gefiel ihnen, die Mahlzeiten nicht zu planen, sondern aus dem Moment heraus zu entscheiden. Und ein Omelette, ein Teller Spaghetti, Schafskäse mit Gurken und Oliven waren schnell improvisiert. Der

Gemüsehändler in ihrer Straße hielt seinen Laden bis in die Nacht hinein offen. Auch wenn kaum mehr Kunden kamen. Hinter seiner Theke las er in einem Buch, unter einer Energiesparbirne. Sie warf ihr Licht auf die gestapelten Feuerzeuge, die Kassetten von Kaugummis, die in Staniol gewikkelten Schokoladenriegel. Immer gab es bei ihm Katzen, die auf den Wasserkisten lagen, ihre Pfoten über die Auslagen mit den Bonbons setzten, auf einem zusammengerollten Abdecktuch gähnten oder ihre Zitzen winzigen Mündern überließen. Denn in irgendeinem Pappkarton, auf ein paar Lappen, gab es sicher Junge. Und ihr Gemüsehändler verkaufte, was zunehmend weniger selbstverständlich wurde, auch Raki und Wein.

Die Bahn hatte eine weite Ebene erreicht. Die Hügel pulsierten am Horizont. Kostinbrod. Das Licht verlor seinen metallenen Mittagsglanz und intensivierte sich im langsamen Sinken der Sonne. Und nun traten wieder höhere Berge hervor. Aber konturenmilder, niedriger, diskreter im Vergleich zu den Alpen.

Bald wurden die Häuser der Siedlungen größer; die Szenerie blieb ländlich.

Und endlich doch, auf einer sich nun ins Weite erstreckenden Hochebene, umgeben von Bergen, begann die Peripherie von Sofia. Es war, als würde die Stadt gelassen einen Kragen von Gipfelzügen hochschlagen. Er stand auf, schob das Fenster herunter – es ging leicht – und hielt seinen Kopf in den Fahrtwind. Süden, heimatlich. Roch er Thymian, roch er einen Feigenbaum?

Als er so dastand und den Kopf wieder abwendete, die Hände noch am Griff des Fensters, sah er zufällig zu den beiden Frauen, die in Serbien, wohl in Dimitrovgrad, eingestiegen waren. Eine schien die andere zu verdecken, die wiederum etwas unter der Sitzbank nestelte. Und dann unter einer zweiten Sitzbank. Und unter einer dritten. Ihre beiden Taschen standen am Boden. Immer, wenn Baran verstehen wollte, was da vor sich ging, sah er wieder nur einen Frauenhintern im bäuerlichen Rock. Er schloß das Fenster, setzte sich.

Am Bahnhof in Sofia würde er sofort versuchen, eine Fahrkarte für den Nachtzug nach Istanbul zu bekommen. Man konnte die Tickets nicht online buchen, sondern mußte sie direkt am internationalen Schalter kaufen. Der Zug sollte um 18.30 Uhr abfahren und um 5.30 Uhr in Istanbul, Station Halkalı, sein. Von dort würde er die Metro Marmaray nach Sirkeci nehmen. Sirkeci war der alte Bahnhof des Orientexpress. Die moderne Marmaray streifte sein Areal, bevor sie in einem fast 60 Meter tief gelegenen Eisenbahntunnel unter dem Bosporus verschwand, um bei Üsküdar vor den Hügeln Asiens wieder aufzutauchen.

Er liebte den Sirkeci-Bahnhof, seine alten hohen Räume, Kathedralen des Eisenbahn-Reisens.

Und der Schaffner ging vorüber. Er nickte ihm zu, den er schon kannte, er nickte auch den beiden Frauen in bäuerlichen Röcken zu. Und er nickte in die Vierer-Sitzgruppe, in der Baran den Mann mit dem Segelboothemd vermutete. Aber vielleicht war er schon ausgestiegen.

Noch einen Nachmittag und eine Nacht und er würde in Sirkeci ankommen, einem Kopfbahnhof, einstiges Ziel des Orientexpress. Von wo der Zug wieder Fahrt aufnahm, zurück nach Paris. (Wer weiter wollte, Richtung Anatolien, Syrien, Irak, Iran, mußte dies vom Bahnhof Haydarpaşa auf der asiatischen Seite aus tun.) In Sirkeci gab es das kleine Eisenbahnmuseum, von dem kaum jemand wußte. Und vor allem dieses alte Restaurant, ziemlich original erhalten, mit den bunten Glasfenstern, den Tischen und Stühlen jener verlorenen Zeit. Und manchmal aß er dort und freute sich, daß die Kellner Französisch sprachen. Als zitierten sie die Vergangenheit.

Damals ließen sich Reisende vom Grandhotel Pera Palace durch die staubigen Straßen in Sänften nach Sirkeci tragen. Das war dekadent. Aber welche Dekadenz werden Nachgeborene seiner Generation einmal vorwerfen? Ihm fiele da schon einiges ein.

Wenn er zufällig in die Gegend des Pera Palace kam, konnte es sein, daß er zum Portal schlenderte und, an den Portiers vorbei, die hohe Drehtür betrat und eintauchte, ein heimlicher Nostalgiker. Der elektrisch betriebene Fahrstuhl im Vestibül war der zweitälteste Europas; der älteste fuhr im Eiffelturm.

Und auch wenn es nur ein paar Schritte gewesen wären auf der marmornen, mit einem roten Teppich bespannten Treppe, nahm er doch diesen verrückten Aufzug und ging dann zu Zimmer 101. Heute war es ein Museum, ein intimes Museum. Denn Atatürk hatte hier logiert. Und am Schreibtisch, in diesem westlichen Ambiente, entwarf er eine an Frankreich orientierte moderne Türkei (radikal, übertrieben, ungerecht, nicht demokratisch – und doch). Warum rührte ihn sein auf dem Bett zusammengefalteter Schlafanzug? Warum das rosa Innenfutter seines verschlissenen Brillenetuis? Immer wieder kamen Gerüchte auf, der Vater der Türkei, geboren in Thessaloniki, gestorben in Istanbul (am 10. November 1938 um 9.05 Uhr – und heute noch blieben Menschen auf der Straße an diesem Datum zu dieser Uhrzeit für einige Augenblicke des Gedenkens stehen), habe auch Männer geliebt.

Manchmal kaufte er in der dem Hotel angeschlossenen Patisserie ein wenig französisches Gebäck, das er Cla mitbrachte, der es sofort erkannte und ihn auslachte. Oder er trank in der Orient-Bar ein Glas Weißwein und nahm von den Salzmandeln, die man ihm dazu auf einem Tellerchen reichte. Er sah in den dunkelroten Plüsch und in das Grau alter Photographien prominenter Reisender, Pierre Loti, der Marineoffizier, der mit seinem Roman *Aziyadé* die orientalische Frau für den Westen erfand; die Tänzerin Mata Hari, Agatha Christie, die hier *Mord im Orientexpress* schrieb; Ernest Hemingway, Alfred Hitchcock, Greta Garbo, Jacqueline Kennedy Onassis. Und er malte sich die Reisenden aus, die niemals gerahmt hinter ein Glas gekommen waren, die Heizer und Mechaniker, die Köche und Beiköchinnen, die Küchenjungen und Kellner, die Frauen, die die Betten noch einmal glatt strichen, nachdem sie sie überzogen hatten. Er war der Sohn türkischgriechischer Gastarbeiter, die ihre besten Jahre – sagte man das in Deutschland nicht so? – in einer Düsseldorfer Gummifabrik am Fließband verbracht hatten. Das lenkte den Blick: *Als würde eine Zentrifuge arbeiten oder ein Flugzeug im Kreis fliegen.*

Er schloß die Augen. Und als er sie wieder öffnete, sah er sich mit Alva im Orient Express Restaurant des Istanbuler Bahnhofs Sirkeci sitzen. Und auf einem Kindersitz war Florinda dabei und stopfte sich Baklava mit Pistazien in den Mund. Und eine dreifarbige Katze, Zimt, Perlmutt, Ebenholz, streifte um den Tisch. Und wurde vom Kellner verscheucht, aber so, daß sie schnurrend wußte, sie könne gleich wiederkommen.

Der Zug wurde langsamer. Der Schaffner ging vorüber. Und er sah, wie die beiden Frauen ihm einen Geldschein in die Hand drückten. Der Schaffner ging ins nächste Abteil. Und der Zug wurde noch langsamer, kam an Böschungen vorbei, an Gärten, die hinter Böschungen lagen. An letzten, nun wirklich letzten blühenden Sonnenblumen, die neben anderen standen, die schon ihre Blütenköpfe gesenkt hielten, trokken wie Holz. Und er sah, wie die beiden Frauen am offenen Fenster standen. Jetzt bückte sich eine in ihrem weiten bäuerlichen Rock. Und die andere nahm die Zigarettenstangen, die sie unter den Sitzen herauszog oder aus dem Rock, oder woher auch immer, von ihr entgegen. Und warf sie zügig, eine nach der anderen, hinaus.

Da legte Sofia lächelnd ihren Kragen von schönen Hügeln

und Gipfelzügen ein wenig zurück. Und der Zug fuhr langsam ein in die Stadt der Weisheit.

10. Sofia – Kapıkule

Manchmal wußte er für Momente nicht, was er sah und was er träumte. Die Bewegung des Zuges konnte ihn mitnehmen in einen Dämmerzustand, in dem die Dinge ineinander übergingen. Er ließ das zu; er saß ja nicht am Steuer eines Autos. Aber diese leisen Schwindel, die flüchtigen Amnesien, konnten auch damit zusammenhängen, daß er manchmal vergaß, etwas zu essen. Er verspürte zwar Hunger, aber wenn er dann nichts bei sich hatte oder nichts kaufen konnte und Wasser trank, war der Hunger schon wieder vorbei.

Jetzt war er wach und klar und wartete auf die Abfahrt. *Zentralna gara Sofia*, Gleis 11. Es war 18.40 Uhr. Die Bahnbeamten plauderten am Bahnsteig miteinander. Der Zug hätte vor 10 Minuten abfahren sollen.

Am Nachmittag hatte er in einem Restaurant neben der Rotunde des Heiligen Georg gegessen. Er hatte sie gesucht. Sie lag in der historischen Innenstadt, zu Fuß etwa eine halbe Stunde vom Bahnhof Sofia entfernt, etwas versteckt in einer Art Hinterhof zwischen dem bulgarischen Präsidentenpalast und einem Grandhotel. Von seinem Tisch aus sah er auf das

Portal der frühchristlichen Backsteinkirche. Er freute sich, sie gleich betreten zu dürfen. Eine Rotunde wie in Thessaloniki, nur eben kleiner.

Es war das erste warme Essen seit dem letzten Abend mit Alva. Wie lange her das war. In der Speisekarte fand er den *Schneewittchensalat*, wegen des Namens bestellte er ihn als Vorspeise, als könne er Alva damit grüßen. Joghurt, Gurke, Dill, Knoblauch, Walnüsse, Olivenöl. Es war eine Variante des griechischen Zaziki. Und damit doch sehr anders als der türkische Schneewittchensalat, der mit weißen Bohnen, Granatapfelkernen und Oliven zubereitet wurde. Als Hauptspeise hatte er ein Gulasch aus Schaffleisch und Gemüse gewählt. Und an das Backofengemüse mit Rosmarin von Alva gedacht. Florinda schlief schon. Sie tranken Wein von den nahen Malanser Rebbergen, Wein der Bündner Herrschaft. Es war der Abend vor seiner Abreise gewesen, der Abend vor der dritten Nacht. Und für eine Sekunde war ihm, als begriffe er diese Nacht erst jetzt. Was begriff er?

Er war aufgestanden, hatte im Stehen bezahlt und war die wenigen Schritte hinüber zur Georgs-Rotunde gegangen.

Und als er sich, bevor er eintrat, noch einmal umdrehte, sah er auf der niedrigen Mauer, die die Anlage einfaßte, drei Frauen, an denen er eben vorbeigekommen sein mußte, ohne daß er sie wahrgenommen hätte. Jetzt sah er ihre Rücken. Es war wie ein Bild. Alle drei hatten lange schwarze Haare. Eine hatte sie zu einem Dutt hochgeschlungen, die anderen beiden trugen lange Pferdeschwänze, die eine im Nacken gefaßt, die andere am Hinterkopf. Über ihrer Alltagskleidung trugen sie knielange graue Arbeitskittel. Und darüber weiße Schürzen, die hinten mit Schleifen gebunden waren. Vermutlich arbeiteten sie im Hotel und waren für das Reinigen der Zimmer, der Bäder zuständig. Sie machten Pause. Sie rauchten, sahen in ihre Handys. Neben ihren Gesäßen auf der Mauer lagen flache Zigarettenschachteln. Und auf jeder Zigarettenschachtel lag ein schmales Hoteltelephon. Sie waren abrufbar.

Die Georgs-Rotunde war das älteste Gebäude Sofias, ein Zylinderbau aus Backsteinen. Von wie vielen Händen zueinandergefügt? Er hatte die Rotunde sehen wollen, weil er gelesen hatte, sie ähnele der Rotunde von Thessaloniki, diesem architektonischen Wahnsinn (zur Zeit ihrer Erbauung, Anfang des 4. Jahrhunderts, hatte sie die größte Ziegelkuppel der Welt). Heute führte die alte Via Egnatia unmittelbar neben ihr sechsspurig (falls man von Spuren reden konnte) in den Moloch der Stadt. Hatte er auf einmal Heimweh nach der Stadt seines Vaters? Der Stadt seiner Clubs? Heimweh wohl nicht, vielleicht war es etwas Zugluft von Sehnsucht.

Die Georgs-Rotunde in Sofia war viel kleiner, aber der älteren Schwester in Thessaloniki verwandt, nicht nur architektonisch, sondern auch in ihren verschiedenen Nutzungen. Kultraum und Tempel, Kirche, Moschee, dann wieder Kirche. Die Rotunde in Thessaloniki war mittlerweile ein Museum, also vielleicht wiederum ein Kultraum, Stätte des Schauens.

In einem Areal von Ausgrabungen lag die Georgs-Rotunde tiefer als die sie umgebenden Straßen. Schwarze, verspiegelte Limousinen parkten direkt neben den Relikten von römischen Mauern, Brunnen. Er sah in die gestalteten Muster von roten Ziegeln und Steinen in allen Farben von Grau.

Und als er den Kirchenraum betrat, hörte er orthodoxen Gesang. Er ging einige Schritte weiter. Inmitten einer Festgemeinde vollzog ein Priester ein Taufritual. Von hinten sah er die Mutter mit dem schon großen Täufling. Der Junge, vielleicht vier Jahre alt, hing auf ihrem Arm, den Blick vom Geschehen abgewandt, den Kopf auf ihre Schulter gelegt. Und er sah, daß er leise weinte. Die Mutter, die Füße in flachen Schuhen schräg auseinandergestellt, versuchte durchzuhalten; der Junge war schwer. Neben ihr stand aufrecht die Taufpatin in silbernen High Heels. Sie hielt eine brennende Kerze in der Hand. Der Vater, breitbeinig in Sneakers, hielt keine Kerze und kein Kind.

Und aus der bemalten Kuppel sah er nun deutlich ein Engelsgesicht, das ihn ansah. Schmale Nase, große schwarze Augen. Der Blick fragend, streng. Engel, sagte man, haben kein Geschlecht, aber dieser Engel war doch ein Jüngling. Und er dachte an Cla und daran, wo er wohl sei. Und weiter oben, über dem Engel, sah er verschiedene Figuren, die er nicht verstand. Er sah Übermaltes und wieder Übermaltes. Und er hätte gerne mit Alva unter dieser Kuppel gestanden und hinaufgesehen in all diese Versuche von Trost und Freiheit aus vielen Jahrhunderten. Und der Engel schaute ruhig zurück.

Manchmal dachte Baran ganz unvermittelt daran, sich das Leben zu nehmen. Es war ein Gedanke wie ein Flügelschlag. Und wenn, dann sehr diskret. Er müßte das inszenieren wie einen Unfall. Niemand sollte schuld sein. Nur er. (Es ging nicht um Schuld.) Aber meist lebte er gerne. Die Dinge schauten ihn an und sagten: Ja. Wenn er sich das Leben nehmen würde, dann wäre es nicht aus Verzweiflung, sondern aus einer Art Müdigkeit heraus, weil ihm einfach die Schwerkraft für dieses Dasein fehlte. Das war nichts Tragisches, nichts Pathetisches. Es war banal und gehörte eben zu ihm dazu. Er sah noch einmal hinauf zu dem Engel wie zu einem Freund und dachte: Du könntest mich töten.

Zwei Mädchen in duftigen Kleidern versuchten so heimlich wie möglich, Fangen zu spielen. Und wurden immer wieder vom Arm einer Verständigen in ihrem Kreisen angehalten. Eine Frau in schwarzem Overall filmte. Und der langbärtige Priester im hellblauen bodenlangen, mit Goldfäden reich bestickten Ornat folgte unbeirrt seiner alten Spur.

Als die Zeremonie zu Ende war und Gebäck gereicht wurde und er sich vorsichtig entfernte und wieder hinaustrat ins Sonnenlicht, da waren die Frauen von der Mauer verschwunden.

19.05 Uhr. Jetzt war es noch hell, aber der Abend hatte begonnen. Der Zug hätte vor gut einer halben Stunde abfahren sollen. Auf dem Bahnsteig stand der Schlafwagenschaffner und rauchte.

Und er saß alleine in einem Vierer-Liegewagen eines türkischen Schlafwagens, der ihn nach Istanbul bringen würde. Jedes Glas einer jeden Fensterscheibe, in den Abteilen, im Gang, selbst noch in der Toilette, trug einen milchfarbenen Halbmond mit Stern, so daß alles, was er sah, zum Bild wurde, das eine osmanische Signatur erhielt.

Auf dem gegenüberliegenden Gleis stand ein Zug, vollständig mit Graffiti bemalt.

Der Bahnsteig war voller junger Leute gewesen, die mit einem Interrail-Ticket durch Europa reisten. Sie brauchten nicht für die einzelnen Strecken zu bezahlen, aber sie mußten einen Platz reservieren. So war er unter ihnen und ihren Rucksäcken, Isomatten, Zelten in der Schlange vor dem Schalter gestanden. Familien mit kleinen Kindern waren unterwegs. Auch die eine oder andere ältere Frau, auch Männer, manchmal zu zweit beieinander eingehakt. Aber die Jugendlichen überwogen. Die Schlafwagenabteile waren ausgebucht. Er hatte nur noch einen Platz in einem Liegewagen bekommen, zusammen mit einem offensichtlich verliebten jungen spanischen Paar, das mit der Müdigkeit kämpfte, und einer Spanierin, deren Blick, Figur und Gepäck darauf schließen ließ, daß sie vorhaben könnte, von Istanbul aus bis an den Van-See zu radeln, um dort einen Dompteur-Kurs für weiße Katzen zu besuchen. Die drei schienen sich sofort zu verstehen, mit der Übermütigkeit von Reisenden, die gewohnt waren, in Zügen zu leben. Ihm gefielen die drei, aber er verstand ihre Sprache nicht.

Und auf einmal fühlte er sich alt.

Er war den Waggon entlanggegangen, hatte in die Abteile geschaut und gesehen, daß das letzte Abteil leer war. Er hatte den Schlafwagenschaffner gesucht, einen Bulgaren, der neben Englisch auch Türkisch sprach, wenn er die Reservierungen der Reisenden beim Einsteigen in den Zug prüfte und ihre Namen aus seiner Liste strich. Er hatte ihn zu diesem Abteil gebeten und gefragt, ob er nicht hierher umziehen könne.

Das sei ein Abteil für vier Personen, der Schlafwagenschaffner schüttelte den Kopf.

Aber es steige doch niemand mehr ein.

Der Mann, etwa sein Alter, kurze schwarze Haare, geschwungene Augenbrauen, schmale Hüften, sah ihn an und sagte: 10 Euro. Erleichtert hatte er genickt und in seine Hosentasche gegriffen.

Der Zug stand immer noch. Er würde nicht wie vorgesehen um 5.30 Uhr in Istanbul sein. Aber das war unerheblich. Ja, im Grunde war es ihm, auch nach dieser langen Reise, recht, noch nicht ankommen zu müssen. Er war unterwegs und allem enthoben. Er mußte keiner sein.

Konnte er niemand sein für Cla, niemand für Alva? Blieb ihm nur dieses Ich im Vorbei? Er hörte die Stimmen aus den anderen Abteilen. Einige der Jugendlichen tranken offensichtlich. Ein Kind greinte. Ein Hund bellte, ein zweiter. Aber das Bellen kam von draußen. Es war sehr heiß im Zug, und alle hatten ihre Abteiltüren offen. Auch die Waggontüren zu den Bahnsteigen standen noch auf. Die Klimaanlage, so hatte der

Schlafwagenschaffner gesagt, würde während der Fahrt funktionieren.

Er nahm die Wasserflasche, die er am Bahnhof von Niš gekauft hatte. Jetzt war sie gefüllt mit Wasser aus einem Brunnen in Sofia, an dem er vorbeigekommen war. Es mußte ein Heilwasser sein. Denn die Menschen tranken dort oder füllten sich etwas ab. Er sah einen alten Mann mit einer Tasche auf Rädern, der einen ganzen Vorrat an Flaschen mitnahm. Eine Joggerin beugte sich über einen Strahl und füllte dann ihre Trinkflasche auf, ein Mann im Anzug trank. Wenn man aus einem Wasserstrahl trinkt, ist es immer sauber.

Das Brunnenbecken hatte drei Hähne, sie waren verschieden hoch. Aber alle, die trinken wollten, mußten sich etwas bücken. Das ergab eine unfreiwillige Geste der Demut. Aber vielleicht verhalf diese pragmatische Haltung auch zu einer inneren der Dankbarkeit. Hier floß heilendes Wasser und floß und floß für alle, die trinken, die schöpfen wollten. Das Wasser war ein wenig warm und schmeckte leicht nach Salz.

Als der Zug anfuhr, sah er auf die Uhr: 19.10 Uhr. Aber kaum in Fahrt, bremste er schon wieder ab, in einem zweiten Bahnhof in Sofia, Poduyane 19.13 Uhr. Und wieder. Jokar. Aber dann ging es los. Und Halbmond und Stern liefen über Häuser mit den Farben schadhafter Fassaden. Und weiter, bis es grüner wurde, Felder öffneten sich, ein See erschien. Dann Kazichene, Maisfelder, Häuserruinen. Wohnte hier jemand?

Waren diese Gebäude noch knapp tauglich als Heimstätte? Am Himmel zeigte sich ein erstes Abendrot, und blaß erschien über weiten Ebenen der wahre Mond, der Satellit der Erde, unter dem auf der Fensterscheibe – vor-bei, vor-bei, vor-bei – der osmanische Mond und sein Stern mitliefen.

In der Schweiz wäre es jetzt 18.30 Uhr, Alva würde Florinda langsam ins Bett bringen. Was hatten die beiden gegessen? Hatten sie von ihm gesprochen? Hatte Florinda nach ihm gefragt?

Elin Pelin. Er hatte die Karte wieder hervorgenommen und sah, daß er nun zwischen dem Balkangebirge und dem Höhenzug der Sredna Gora fuhr, einem Mittelgebirge, das sich südlich des Balkangebirges und parallel zu ihm in west-östlicher Richtung erstreckte. Er stand auf und sah zurück gegen Westen, wo die sinkende Sonne ihr bulgarisches Abendbild malte.

Je näher er Istanbul kam, umso mehr entfernte er sich von Alva. Und gleichzeitig kam er ihr näher.

Es war keine Affaire. Was war es dann? Eine emotionale Auszeit? Ein Kurzurlaub in einem anderen Leben?

Der Zug durchfuhr einen Dschungel von Mischwald und der Ton der Räder, die auf Eisen schlugen, änderte sich. Auf einmal hörte er einen Dreierrhythmus. Wie vielleicht: *Nimmermehr* oder auch *komm zurück*. Lag es an den Gleisen, lag es an den türkischen Wagen, die anders auf die Gleise reagierten. Lag es an ihm?

Der Schlafwagenschaffner kam und brachte wortlos das Bettzeug, eingeschlagen in eine Plastikhülle. Er dankte und überzog sich gleich die Decke, das Kopfkissen und legte beide auf die untere Liege, die der Fahrtrichtung näher war. Er setzte sich auf die gegenüberliegende, mit Blick voraus, nach Osten.

Er wollte zur Toilette gehen. Einige junge Leute standen in den Gängen. Bei manchen Abteilen waren die Vorhänge zugezogen. Mittlerweile war es draußen dunkel geworden. Im Westen nur noch ein roter Streifen Himmel wie ein Versehen. Die Toilette war klein und schon schmutzig, der Boden naß von Urin. Und unversehens sah er sich im Spiegel. Er hatte sich während der Reise nicht rasiert, Cla fand immer, das stand ihm. Er hatte Ränder unter den Augen.

Er ging zurück.

Er schloß seine Abteiltür, schob den Vorhang über das Glas. Er legte sich nieder. Nimmermehr, komm wieder, nimmermehr.

Dann schrie der Zug, wie Kinder schreien, wie Vögel, wie Möwen. Er erwachte im Schreien. Es war kurz vor Swilengrad. Bulgarischer Grenzbahnhof. Swilengrad lag in Thrakien, das hatte er auf der Karte gesehen, am Mariza-Fluß, an den Ausläufern des Rhodopengebirges. Er richtete sich auf. Er sah auf die Uhr: kurz nach Mitternacht. Und schon Gepolter auf dem Gang. Klopfen und Rufen. Die Pässe wurden eingesammelt. Der Zug hielt. Er öffnete die Abteiltür, reichte seinen Paß hinaus. Er ging auf den Gang. Sah in das grünfahle Licht der Bahnsteiganlage. Er ging in sein Abteil zurück. Er schob das Rouleau hinauf; hinter einem Gewinde aus Stacheldraht standen Tanklastwagen mit der Aufschrift *Schwefelsäure*. Das Wort erschien in Kyrillisch und auf Deutsch.

Ein Mann, nicht der Schlafwagenschaffner, klopfte, gab ihm seinen Paß zurück und informierte ihn, daß man gleich weiterfahre. Beim nächsten Halt, Kapıkule, in wenigen Minuten, müßten alle aussteigen und ihr Gepäck mitnehmen. Beim Übergang in die Türkei gebe es eine Paßkontrolle außerhalb des Zugs, und das Gepäck würde durchleuchtet. Baran nickte. Kapıkule war der wichtigste Übergang im Grenzverkehr zwischen Europa und der Türkei. Berüchtigt auch für Drogenschmuggel und Menschenhandel.

Als der Zug losfuhr, wollte die Reihe der Tanker mit Schwefelsäure nicht enden. Als er zu zählen begann, ging es noch lange fort. Er kam bis 33.

Kapıkule. Die Lettern des Bahnhofsgebäudes glänzten fahl. Der Zug stand noch. Er stand schon eine gute Stunde.

Alle waren ausgestiegen. Die meisten hatten sich eine Jacke oder einen Pullover übergezogen. Er war froh gewesen, seinen Mantel dabei zu haben. Und wieder war er im Pulk der Interrailer gestanden. Er suchte nach seinen Spaniern, aber er sah sie nicht. Es war auch dunkel, das Areal spärlich erleuchtet. Er reihte sich ein hinter einem rothaarigen Jungen und dessen schwarzgelocktem Freund. Der Rothaarige war bemüht, die Szene interessant zu finden, der Schwarzgelockte war müde. Welch gute Luft hier draußen, sagte der Rothaarige, wie gut, sich wieder die Beine zu vertreten. Wie zügig es hier vorangeht. Der Schwarzgelockte schwieg, was den Rothaarigen nicht davon abhielt, weiterhin den Moment zu preisen. Schau, der Mond. Das Mondlicht ist doch das schönste Licht, das es gibt. Der Schwarzgelockte sah nicht auf, sondern suchte nach seinen Zigaretten. Der Rothaarige rauchte nicht, aber er gab ihm Feuer.

Insgesamt war die Stimmung gut gewesen. Ein Kind schlief im Buggy, eines auf der Schulter seines Vaters. Alle schienen die Unbill der nächtlichen Störung als notwendig hinnehmen zu wollen. Er rückte weiter vor in der Reihe bei dem Gebäude, in dem das Gepäck durchleuchtet wurde. Bald stand er vor dem Gerät, das er von Flughäfen kannte, von Museen. Eine Frau und zwei Männer saßen dahinter. Die Frau trug einen blauen Kittel, die Männer Uniform. Baran hob den Koffer seines Großvaters auf das Band. Er verschwand im Dunkel des grauen Quaders. Er kam wieder heraus. Baran hob ihn vom Band. Auch keiner der anderen Reisenden wurde, soweit er das mitbekam, wegen des Gepäcks aufgehalten.

Nun einige Schritte über den Platz zu einer zweiten Schlange. In einem neonweißen Raum wurden die Pässe kontrolliert. Es war nicht kalt, aber wer müde ist, friert leicht.

Er war noch in der Schlange gestanden, als auf einmal eine Katze erschien. Sie strich um die Beine der Wartenden. Sie wurde photographiert, sie wurde gestreichelt. Eine zweite Katze kam. Eine dritte. Doch plötzlich hoben sie gleichzeitig ihre Köpfe, verharrten, witterten. Eine schrie heiser. Dann war es wieder ruhig, die Katzen blieben regungslos. Und nun erschienen schleichend aus bislang ungesehenen Böschungen, hinter Gebäudeecken hervor, vom Areal der Gleise her Katzen und noch mehr Katzen. Sie sammelten sich, Baran erkannte nicht, ob sie zu einem einzelnen Tier kamen oder zu einem Objekt. Oder ob sie nur einfach so beieinander stehenblieben. Es war still. Und wie auf ein Zeichen hin begannen sie zu rennen. Sie rannten. Sie rannten an den erleuchteten Türen und Fenstern der Paßkontrollen vorbei, sie rannten den Bahnsteig entlang bis ans Ende, ein Galopp fließender Körper, vom Mondlicht erhellt, bis sie hinter einem Gebüsch in die Felder verschwunden waren. Der Vorgang durfte keine Minute gedauert haben. Er war zu kurz, als daß er in der Menge der Wartenden eine heftigere Reaktion hervorgerufen hätte. Und die wenigsten hatten den Katzenaufruhr bemerkt. Eine ältere Frau begann zu weinen. Und die Schlange der Wartenden rückte weiter vor.

11. Kapıkule – Halkalı

Der Zug war noch nicht weitergefahren. Baran ahnte, daß er nicht mehr einschlafen würde. Ausgestreckt lag er auf seinem Liegewagenbett, allein im Abteil, und sah gegen den Vorhang, der die Tür bedeckte. Es war jetzt gegen halb drei Uhr. Bald würde der Morgen dämmern.

Er hörte Stimmen auf dem Gang, Stimmen auf dem Bahnsteig. Er richtete sich wieder auf. Hob den Koffer vom Boden, legte ihn auf die untere Liege gegenüber, öffnete ihn und entnahm ihm eine zweite Plastikflasche (Volvic, noch von Alva), die er, da sie leer gewesen war wie die Flasche aus Niš, in Sofia mit Mineralwasser aus dem dreistrahligen Brunnen gefüllt hatte. Auf Reisen warf er leere Plastikflaschen selten fort, es sei denn, er kaufte eine neue. Es war ein Tick, der sich manchmal als sinnvoll erwies.

Er setze sich auf sein Bett und trank. Er sah hinüber zu seinem geöffneten Koffer. Über ein paar Kleidungsstücken lag in einer Plastikhülle sein Manuskript, Gedichte von Dinos Christianopoulos, an deren Übersetzung er in Chur ein wenig weitergearbeitet hatte:

tauch deine sonne
in meinen dunkelsten winkel
steck deine lüge
in meine traurigste wahrheit

Er liebte den Text, er hatte sich lange mit ihm beschäftigt, vielleicht weil er ihn nicht ganz verstand oder ihn immer neu verstand; ihm gefiel dieses Schwanken zwischen Seele und Sex. Er zog das Blatt heraus, nahm dann das darunterliegende hervor.

Eine Minute Schweigen

Ihr, die ihr euren Menschen fandet
und habt eine Hand, die zärtlich euch berührt,

eine Schulter eure Trauer anzulehnen,
einen Körper, Anwalt eurer Leidenschaft,

seid ihr errötet über euer großes Glück
auch nur einmal?
Habt ihr euch gesagt, laßt uns eine Minute Schweigen halten
für die Verzweifelten?

Jetzt las er die Zeilen anders als damals, als er sie übersetzte. Alva schimmerte dazwischen, ja blitzte daraus hervor. Und er griff nach dem nächsten Blatt, ein Gedicht, in dem Onan seinen Bruder Er anspricht:

Mein Bruder Er, in dieser Zeit der mageren Kühe
haben wir keinen Joseph, gibt es für uns keinen Joseph,
Erlöser Joseph, Herr des Körpers und des Denkens.
Mein Bruder Er, Du hast gelernt zu schreiben, schreib etwas für mich auf:
wenn der Flieder blüht, quält mich die Sehnsucht;
oft schalte ich auf Radio Kairo, daß ich seine Reden höre.
Ich sterbe in deinem befleckten Oberkleid –
die letzte Lust, die mir noch blieb.

Er legte die Blätter zurück. Er hatte ihn nicht mehr kennengelernt.

Dinos Christianopoulos, 1931 in Thessaloniki geboren, war der Sohn einer vornehmen Mutter aus Istanbul – Konstantinopel, sagte er natürlich – und eines Vaters, über den er nicht sprach. Ein Mann aus dem Volk, sagen seine Biographen, geflüchtet aus Ostthrakien. Wenn er Christianopoulos übersetzte, spürte er Konstantinos Kavafis, spürte er T. S. Eliot, an denen der Saloniker Dichter gewachsen war. Und sich doch behauptete. Jetzt war er gestorben, und er hatte ihn nicht mehr kennengelernt. Immer wieder Anläufe. Und dann die Frage: Warum! Was ging ihn die Person dieses Autors an? Er hatte doch sein Werk. Und dennoch. Als ihm endlich der Grund egal war (er wollte es einfach, er wollte ihm, der ihn berührte, einmal in die Augen sehen) und er den Mut fand, es zu versuchen, sagte man ihm, der Dichter sei krank. Zu krank für Besuche, auch für Besuche von jungen Männern. Gerade dafür zu krank.

Er mochte, wie Christianopoulos offen über sein Begehren schrieb, ohne dabei pornographisch zu werden. Und in dieser dritten Nacht des Reisens jetzt durch die Türkei und noch nahe der griechischen Grenze, gefiel es ihm, in den Texten zu lesen. Er griff nach einem weiteren Blatt:

ein junger mann brachte mir
seine gedichte zum lesen

so wie er jetzt vor mir sitzt
und meine kritik erwartet
(ich sag ihm nicht, wie schlecht er schreibt)
entdeckt die glänzende behaarung seines beines
zwischen hose und strumpf
sein schönstes gedicht

Er sah hinüber zu der Liege mit dem Koffer, in dem diese griechischen Verse, die er ins Türkische brachte, auf seinen Kleidungsstücken lagen. Im Grunde kleidete er sich mit Gedichten, um nicht nackt zu sein. Schon damals in Düsseldorf hatte er in der katholischen Gemeindebibliothek, deren Sortiment sich auch nach den Gastarbeitern des Viertels richtete, in Anthologien geblättert, gerne in zweisprachigen, und in diesen Büchern Verse gefunden, mit denen er Deutsch lernte. Und das Leben lernte. Er legte die Gedichte in den Koffer zurück.

Es war ein kleiner Koffer aus festem Leder, mit grüner Seide ausgeschlagen. Er hatte einen Ledergriff und zwei Metallschlösser. Die Schlüssel gab es schon lange nicht mehr. Aber der Mechanismus funktionierte. Zum Öffnen drückte man die Schließen mit beiden Händen gleichzeitig nach außen. Es ergab ein Schnappgeräusch, und zwei Metallzähne flogen nach oben. Beim Zumachen mußte man darauf achten, daß die Zähne genau einrasteten.

Der Großvater, so hatte es ihm seine Großmutter erzählt, habe immer gesagt, er sei so alt wie das Jahrhundert. Das habe ihn mit einem gewissen Stolz erfüllt. Jedes Jahr war auf sein Leben bezogen, die Zeit zählte ihn mit. Sein Großvater hieß Anatol. Und auch das soll ihm gefallen haben. Anatol, der aus Anatolien, aus dem Morgenland. So hatte er den Sonnenaufgang im Namen. Ihn, Baran, hatte man mit dem zweiten Vornamen nach diesem Großvater väterlicherseits genannt (mit dem ersten Namen nach dem Vater seiner Mutter). Aber diesen griechischen Großvater hatte er nicht mehr kennengelernt. Er war im Jahr seiner Geburt gestorben.

Einer geht, einer kommt, soll seine maniotische Großmutter damals gesagt haben. Und sie legte ihm duftende Nelken in den Sarg, die sie in ihrem Garten gebrochen hatte. Der Großvater, erzählte sie, habe oft eine kleine rote Nelke hinter dem Ohr getragen. Er spielte Violine und sang. Er war ein Rembetis, sagte die Großmutter und nickte dazu. Und dann konnte es sein, daß sie die Arme zur Seite etwas in die Höhe nahm. Und sie legte die Mittelfinger auf die Daumen, und nach einem Moment des Innehaltens wippte sie kaum merklich mit dem Oberkörper und stimmte eines der alten Lieder an:

Wolkenverhangener Sonntag, du bist wie mein Herz, das immer wolkenverhangen ist. Oder: Komm mit, wir gehen weit weg nach Bakse Tsifliki, mein süßes Mädchen aus Saloniki.

Großmutter und Großvater hatten sich in einem der vielen Rembetiko-Lokale in Thessaloniki kennengelernt, wo sich die Flüchtlinge aus Kleinasien trafen und ihre Melancholie feierten, mit Liedern und Tabak und Alkohol. Und sie änderten die alten Lieder und schrieben neue. Dinos Christianopoulos hatte ein Buch über die Rembetes geschrieben.

Die Großmutter war aus der armen Mani gekommen, um als Zimmermädchen in der Stadt zu arbeiten, in einem kleinen Hotel am Hafen. Als sie heirateten, war sie 17, ein Mädchen mit einem dicken Zopf in weißer Schürze; er ein schöner Mann von 32 Jahren, dessen Schnurrbart zitterte.

Der Zug fuhr an. Das letzte Stück seiner Reise hatte begonnen. Er schob den Vorhang etwas zur Seite. Die fahl erleuchteten Gebäude des Grenzbahnhofs Kapıkule zogen vorüber. Katzen waren nicht mehr zu sehen.

Es waren einmal die Pontosgriechen. Orthodoxe Griechen, die an der südlichen Schwarzmeerküste lebten. Es war einmal sein Großvater, der diesen Koffer mitnahm und seinen Geigenkasten, als er 1922 loszog von Trabzon nach Thessaloniki. Beim Bevölkerungsaustausch zwischen der Türkei und Griechenland war er einer von eineinviertel Millionen Griechen, die Kleinasien verlassen mußten. Immerhin eine Gegend, die seit 3000 Jahren von Griechen bewohnt gewesen war.

Er hatte Alva von seinem griechischen Großvater erzählt. Er hatte erzählt, was er von der Großmutter wußte, was er aufgeschnappt hatte als Kind bei Familientreffen. Manches hatte er später erfragt, anderes nachgelesen. Sie waren in der Küche gesessen. Alva hatte einen roten Wollpullover getragen, einen Pullover, der ihr ein wenig zu groß war, seine Ärmel reichten bis zu den Fingerknöcheln der Hand. Es war Abend gewesen. *Megali Idea* hatte er gesagt, die Große Idee. Weißt du, sie hatten diese Idee eines griechischen Nationalstaats. Dieser Nationalstaat sollte alle von Griechen bewohnten Gebiete Anatoliens umfassen und auch die Regionen auf dem Balkan, in denen Griechen lebten. Istanbul eingeschlossen. Und am Ende nannten die Griechen es *Kleinasiatische Katastrophe*, und die Türken sprachen vom *Befreiungskampf*. Alva hatte ihm zugehört, und sie hatte mit ihrer Hand, die zur Hälfte im Ärmel des roten Pullovers steckte, der ihr zu groß war, nach seiner Hand gegriffen. Und er hatte, nun wie geborgen, weiter gesprochen. Er wußte nicht mehr, was er ihr alles erzählt hatte.

Draußen nun wieder das Fließen der nächtlichen Unterwelt in tiefdunklen Farben, Grau, Grün, ein fast schwarzes Blau.

September 1922. Mustafa Kemal Atatürk eroberte Smyrna, das heutige Izmir, zurück. Beim Brand der Stadt und den Massakern sollen etwa 40 000 Menschen gestorben sein. Manche Griechen konnten mit Schiffen, die die Engländer im Hafen bereitstellten, fliehen. Spätestens in diesem Wahnsinn war die Große Idee gestorben, und beide Länder einigten sich auf einen Austausch der *fremden* Bevölkerung. Er hatte nicht erzählen können, mit wem der Großvater losgezogen war und auf welcher Route. Hatte er von Trabzon ein Schiff nehmen können, übers Schwarze Meer bis Istanbul und dann durchs Marmarameer und weiter an der Nordküste der Ägäis entlang bis Saloniki? Oder war er in den Flüchtlingsströmen – sie waren 10, 20, 30 Kilometer lang – mitgegangen, hinter Karren gezogen von Ochsen, Wasserbüffeln, beladen mit Bündeln, Säcken, Singer-Nähmaschinen, Matratzen, frierend mitgegangen, unter Decken im Regen? Durstend in der Sonne? Erst Gepäck, dann Tote zurücklassend.

Bis Edirne und da über diese Brücke. Über den Grenzfluß Evros, der auf türkisch Meriç hieß und auf Bulgarisch Mariza.

Zur selben Zeit machten sich etwa 400 000 muslimische Türken, die in Griechenland lebten, auf den Weg in die Türkei. Sie kamen vor allem aus Makedonien oder von Kreta. Eine Pointe in dieser Geschichte war, daß die Identifizierung eines Menschen als Grieche oder Türke durch seine Religionszugehörigkeit erfolgte. Und hier hatte er Alvas Hand genommen, mit seinem Finger ein Stück des Ärmels des roten Pullovers zurückgeschoben und ihr Handgelenk geküßt, innen, da, wo die Sehnen, die Adern liefen wie Ströme, wie Gleise. Ging also einer in die Kirche, so war er ein Grieche, ging er in die Moschee, so war er ein Türke. Und war er ein Grieche aus Kleinasien und konvertierte zum Islam – *Lā ilāha illā 'llāh*: Es gibt keinen Gott außer Gott und *Muḥammadun rasūlu 'llāh*: Mohammed ist der Gesandte Gottes –, dann wurde er kraft dieses Bekenntnisses, mit Nachdruck ausgesprochen, ein Türke, der in seiner Heimat bleiben durfte.

Der Zug hielt. Er zog den Vorhang ein wenig zur Seite. Aquariumlicht. Ein modernes Gebäude, Glas, Schemen von Reisenden. Es war der Bahnhof Edirne. Er sah in die Menschenschatten mit ihrem Gepäck auf dem Bahnsteig. Er ließ den Vorhang wieder zurückgleiten. Es gab dieses Zusammenfallen, das sich nur die Wirklichkeit leisten konnte. Er hielt jetzt tatsächlich in Edirne.

Und wo war die Brücke? Wo war Evros, der Grenzfluß, der auf Bulgarisch Mariza hieß und auf Türkisch Meriç?

Sein Großvater war ein junger Mann gewesen, als er mit seinem Koffer, seinem Geigenkasten und ein paar Bündeln loszog, aber alt genug, um ein Entwurzelter zu werden. In Trabzon hatte er mit Haselnüssen gehandelt; später arbeitete er bei einem Verwandten auf dem großen Modiano-Markt von Saloniki und verkaufte Oliven und Öl. Bei seinen Reisen in die Mani, auf der Suche nach den besten Olivenhainen, lernte er dieses Mädchen kennen. Mit dem schwarzen Zopf. Er traf es wieder in Saloniki, nun fast eine junge Frau. Er sah sie auf der Paralia, der Uferpromenade beim Weißen Turm. Sie verabredeten sich in dem Rembetiko-Lokal, in dem er spielte.

Für seinen Großvater war Saloniki Exil; für seinen Vater wurde die Stadt Heimat. Aber doch eine Heimat, die er leicht freiwillig verlassen konnte. Hatte sich etwas vom Entwurzeltsein des Großvaters auf seinen Vater übertragen? Und noch auf ihn, den Sohn, Baran Anatol? Jedenfalls ging der Vater, Sohn des Pontosgriechen, als Gastarbeiter nach Deutschland, Düsseldorf. Mit seiner jungen Frau, die vermutlich nicht zufällig eine Türkin war, aus Giresun von der Schwarzmeerküste. Von Giresun könnte man, die Küste entlang, in vier Tagen nach Trabzon laufen.

Und da hatte er Alva angelacht und gesagt:

Komm einmal mit mir nach Giresun, wir zerbeißen Haselnüsse.

Komm einmal mit mir in die Mani, wir trinken Tsipouro.

Und jetzt dachte er: Lauf mit mir einmal die Küste entlang von Giresun nach Trabzon.

Alva war nicht da, auch wenn sie durch ihr Nicht-Dasein alles tönte.

Sie hatten von den gesalzenen Mandeln gegessen, die Cla und er aus Istanbul mitgebracht hatten, von einer Rösterei auf der asiatischen Seite. Sie hatten den Wein aus der Bündner Herrschaft getrunken, von den Rebbergen von Malans, in dieser dritten Nacht, die auf die zweite Nacht folgte, als wüßte die Zeit von Versäumnis.

Am Tag zuvor hatte er im Licht des zunehmenden Monds ihre Kniekehlen geküßt. Und dann war kein Mond mehr da, denn es regnete, und der Regen fiel laut auf das große Dachfenster über Alvas Bett. Und er war mit seiner Zunge an ihrer rechten Kniekehle entlanggefahren, hinaufgefahren bis zu ihrem Gesäß. Er hatte, vorsichtig mit beiden Händen gleichzeitig, ihre Schenkel geöffnet und sich mit der Zunge weiter hinaufbewegt. Sie hatte geatmet, wie eine Frau atmet, die sich entspannt. Und er war dahin gelangt, wo das Meer beginnt und die Fahrt. Er hatte sie ein wenig zur Seite gedreht, langsam. Es war sehr leicht gewesen. Muschel und Hafen. Sie war sein Schiff geworden und er ihr Segel. Und sie waren in eine Bö gekommen, in ein Aufstieben von Gischt und Wellen, das stärker war als sie. Und als sein Segel riß, wurde sie Segel, und er ihr Floß, das sie retten konnte.

Und sie blieben am Strand, den alle Liebenden kennen. Und sie brachen wieder auf.

Später wurden sie Lichtmumien, mit großen Augen, die als Falter aufstiegen.

Er wußte noch, daß sich der laute Regen während der Nacht, die bis in den Morgen hinein dauerte, in Schnee verwandelte, leicht und leise, und wie die Schneeflocken an den Rändern des Glases liegenblieben.

Als sie aufwachten und als Alva sagte, sie gehe geschwind ins Bad und koche dann Kaffee, da war das Dachfenster wieder ganz frei gewesen. Das Licht des neuen Tags hatte begonnen. Es war dieser Morgen gewesen, an dem er abreiste. Der nun zurücklag wie in einer anderen Zeit.

Der Zug hielt. Draußen war es hell geworden. Er zog den Vorhang vor dem Fenster auf. Çerkezköy.

Und der Süden war da. Der Zug fuhr an sandigen Wegen vorbei. Struppiges Gras, stoppelige Felder. Licht. Hochhäuser am Horizont und weitere nahe Hochhäuser auf Hügeln hingestaffelt, wie aus Legosteinen von Riesenkindern gebaut. Sie waren neu und nicht bewohnt. Die Sonne konturierte ihre Fassaden und gab ihnen in der Überbelichtung des Morgens eine skurrile Gegenwart.

Der Zug fuhr nun direkt gegen Osten, direkt in die Sonne. Der Zug war schnell. Er schob das Fenster herunter, hielt das Gesicht in den Fahrtwind.

Er riß die Augen auf. Und sah in dieses gnadenlose Licht.

Ein absolutes Licht. Dies war der Zusammenfall. Ein Licht, das Anfang ist und Tod. Dann war er für einige Augenblicke blind.

Nun sah er Alva. Wie rückhaltlos sie gewesen war. In ihrem Mut hatte sie ihn mitgenommen, und er hatte sich – was hatte er?

Er roch ihre Haut. Die Quitten, Hermès, die Gärten des Nil. Konstantinos. Der Cousin. Alles war auch ein Klang. *Das Bett stand am Fenster.* Und es traf ihn ihr Blick. *Die Nachmittagssonne erreichte es bis zur Hälfte.* Für einen Moment war da die Verwandlung. Und er war sicher, ein anderer werden zu dürfen. Einer, der besser zu ihm paßte. Sie trug ihn, weil sie ihn freiließ und trug. Auf einmal hätte er schreien können vor Glück.

Er mußte zurück. Zu Alva und Florinda. Er würde das schaffen. Er würde die beiden tragen. Auch er konnte tragen. Er hatte keine Angst vor Verantwortung. Er konnte übersetzen, er würde in Chur Arbeit finden. Würde Taxi fahren, im Service arbeiten. Er konnte vieles. Er würde Alva fragen, ob er kommen dürfe. Ob sie ihn einließ in ihr Leben. Ob sie es versuchen wollte, mit ihm. Er würde sie fragen.

Ihm war schwindelig. Er war müde, aber er spürte eine Kraft, die er lange nicht mehr empfunden hatte. Er rieb sich die Augen, und die Dinge kamen langsam wieder, Prismen, Konturen, das Zugabteil mit den schmalen Liegen. Er würde ihr schreiben. Er würde zurückfahren nach Chur.

Er stand auf. Er schloß den Koffer. Die Metallzungen klickten.

Einmal hatte Cla, er war ein wenig betrunken gewesen vom Raki, gesagt, das Leben sei nur eine Schmutzfassung der Literatur.

Aber das stimmte nicht.

Er stellte sich wieder ans Fenster und sah den osmanischen Mond und seinen Stern im Glas und dahinter das fließende Land.

Zwei Reiher standen wie Statuen auf einer betauten Wiese.

Als der Zug in Halkalı einfuhr, war es 8.25 Uhr. Er nahm seinen Koffer, den Mantel über den Arm. In der Hand hielt er schon die Istanbul-Card, mit der er, anders als die Interrailer, die sich vor den Automaten stauen würden, gleich durch das Drehkreuz der Metroschranke in die Marmaray-Line umsteigen konnte.

Er hörte den Ton einer ankommenden SMS. Er erschrak. Es war Cla. Er schrieb, daß er nicht nach Thessaloniki gefahren sei. Daß er ihn zu Hause erwarte. Wann er denn käme? Daß er für ein Abendessen eingekauft habe. Daß er sich freue auf ihn.

Baran steckte das Handy zurück in die Hosentasche.

Er konnte jetzt nicht antworten.

12. Halkalı – Istanbul Sirkeci

Es war ein langer, offener Waggon. Die Reisenden saßen sich gegenüber auf türkisfarbenen Plastikstühlen, deren Lehnen wie Wellen weiterliefen. Nun war er doch froh, nach der langen Reise bald zu Hause zu sein. Aber Clas SMS erschreckte ihn und machte ihm klar, daß die Rückkehr viel schwieriger sein würde als befürchtet.

Und eben diese irritierende Erscheinung. Er verstand sie immer noch nicht.

Er war schon fast an der Metroschranke gewesen, da hatte er stehenbleiben müssen. Ein Brausen erfüllte die Luft, ein Brausen oder ein Summen. Wie etwas Elektrisches. Auch die beiden Männer der Security, die, die Pistolen am Gürtel und die Daumen im Hosenbund, am Rand gestanden waren, sahen auf.

Es waren Sprenkel, viele Sprenkel am Himmel, die immer mehr wurden, sich verdichteten zu einem Dunkel. Eine trübe, sich ausdehnende und zusammenziehende Wolke. Waren das Bienen oder andere Insekten? Was für Insekten? Heuschrekken? Waren es Stare? Die Wolke öffnete sich, schloß sich wieder, beschrieb etwas wie eine Spirale. Kam tiefer, als suche sie einen Unterschlupf. Die Sprenkel waren zu klein für Stare. Unwillkürlich hatte er den Kopf eingezogen und war zur Seite ausgewichen. Auch die Männer der Security traten zurück.

Er sah, wie das trübe Brausen über ein geschwungenes Betondach flog und dann hinter einer Moschee verschwand. Von dort konnte es wiederkommen.

Schnell war er die wenigen Schritte zur Metroschranke gegangen; er hatte die Istanbul-Card auf den Sensor gelegt. Der Zug war schon dagestanden.

Die Menschen in den türkisfarbenen Plastiksitzschalen dösten. Es war warm. Er ging durch den Zug, bis er einen Abschnitt fand, der fast leer war. Ein junger Mann am Rand tippte in sein Handy. Er wählte einen Eckplatz am anderen Ende des Abteils, an der durchsichtigen Wand, die die Sitzreihe von der Tür trennte. Er legte den Koffer auf den Platz neben sich, den Mantel darüber. Es waren ja sonst keine Fahrgäste da. Und die Interrailer würden diese Metro nicht mehr erwischen. Er atmete aus, lehnte sich zurück. Der Zug fuhr an. Fuhr. Er sah den Küçükçekmece-See, den nur eine schmale Landzunge vom Marmarameer trennt; oft kam das Wasser des Meeres hier herein; der See war leicht salzig. Der Zug ruckelte leise.

Und nun sah er das Meer. Den planen Spiegel des morgendlichen Meeres, ein Zittern in prismatischen Splittern.

Der Zug fuhr, der Zug hielt. Fuhr wieder an. Er kannte diese Strecke, die bald an der Theodosianischen Mauer vorbeiführen würde.

Und die Eroberung der Stadt kam zurück.

Sie galten als uneinnehmbar, diese doppelten Festungsmauern aus dem 5. Jahrhundert. Wenn man an ihrem Fuß stand, wuchsen sie. Und sie wuchsen vor den Osmanen an jenem Morgen des 29. Mai 1453. Die Osmanen schossen von unten, sie hatten diese Kanonen, die ein Ungar für sie erfunden hatte, es gab keine größeren. Und die Mauern wuchsen und wurden breiter. Von oben schickten die Griechen Speere aus Feuer, schütteten Teer und kippten die Leitern, die die Feinde zu ihnen hinauflegten. Sie hielten sich erbittert. Und dann war da das Kleine. Immer das Kleine. Eine Tür, die *Kerkaporta*, in der Festungsmauer blieb offen. Vergessen? Verrat? Als die Truppen des Sultans dies sahen, waren sie schon in der Stadt. Und wohl wissend, daß er verlor, legte der Kaiser seine Insignien ab und ritt, Soldat unter seinen Soldaten, in seine letzte Schlacht. Die Glocken der Kirchen läuteten im Sturm. Und unerkannt starb Konstantin XI., der letzte Kaiser von Byzanz.

Es war am 29. Mai 1453, als sich der 21-jährige Sultan Mehmet II. hier einen Kindertraum erfüllte. Auf seiner weißen Stute ritt er langsam ein durch Blut und Leichen. Vorbei an den Trümmern der Paläste aus Marmor, Glas und Gold, und er sagte: *Welch eine Stadt haben wir preisgegeben dem Plündern und Verwüsten.*

Auf einmal meinte Baran einen seltsamen metallischen Geruch wahrzunehmen. Der Zug fuhr nun an der Küste des Marmarameers entlang. Er dachte an Cla, der öfter von dieser Gefahr sprach. Seit sie in Moda wohnten, sahen sie das

Meer ja täglich aus dem Küchenfenster. Es rieben sich, in der Tiefe seiner Wasser, die anatolische und die eurasische Kontinentalplatte. Sie glitten aneinander vorbei. Noch. Es ging um Zentimeter, es ging um das Kleine. Seit dem letzten großen Erdbeben 1766 spielten die Kontinente hier miteinander. Im besten Falle. Auf den schlechtesten warteten Erdbebenforscher mit wachsender Nervosität.

Wir leben riskant, hatte Cla gesagt, als sie wieder einmal am Fenster standen und auf das Marmarameer sahen.

– Die Anschläge, der Terror?

– Ach, die Anschläge! Nein, ich meine das nächste große Beben.

– Das Erdbeben?

– Rein statistisch erwartete man es in der Zeit zwischen 1966 und 2016.

– Dann sind wir schon eine Weile drüber.

– Sind wir. Weißt du, in vielen Vierteln stehen Stahlcontainer. Die Nachbarn rüsten sich. Sie teilen sich so einen Raum. Und lagern dort, was man im Katastrophenfall braucht, Wasser, Decken, Medikamente, Kleidung, Konservenbüchsen, Nußschalen.

– Container? Woher weißt du das? Und warum brauchen sie Nußschalen?

– Wenn du nachts Feuer machen mußt, sind Nußschalen gut, sie brennen leicht und brennen lang. In unserer Schule haben wir immer wieder ein Team vom Katastrophenschutz. Sie machen Aufklärungsarbeit für die Schüler. Wir waren auch in einem Testcenter in Üsküdar, also in Kandilli. Dort werden wackelnde Räume simuliert. Und die Kinder müssen dann unter die Tische kriechen oder sich in einen Türrahmen stellen. Sie sollen sensibilisiert werden für die kommende Katastrophe und sich verhalten können. Forscher rechnen mit 40 000 bis 80 000 Toten.

Und sie sahen hinüber zu den Schiffen, die hier warteten, bis sie die Erlaubnis erhielten, durch den Bosporus ins Schwarze Meer zu fahren.

– Am Boden des Marmarameers liegen Sensoren, die erste leichte Beben registrieren und dann Frühwarnungen übermitteln sollen. Auf den Prinzeninseln, auf Büyükada, auf Sivriada, gibt es Erdbebenforschungszentren. Sie arbeiten gegen einen Feind, der kommen wird. Der Kampf ist von vornherein verloren. Aber sie kämpfen um Sekunden, die noch Menschenleben retten könnten.

Der Zug hielt in Yeşilköy. Baran sah auf die Uhr. Ob Cla zu Hause war, wenn er kam? Er konnte ihm jetzt nicht zurückschreiben; er hoffte, ihn nicht gleich zu sehen. Er wollte eine kleine Zeit für sich. Bis zum gemeinsamen Abendessen. Und dann würde er mit ihm sprechen. Ihm alles sagen von Alva und ihm. Ja, er hatte auch Angst davor. Aber er war sich sicher.

Der Zug hielt in Yeşilyurt. Hier lag das sandige Areal des alten Flughafens. Der Zug fuhr weiter.

Vermutlich war Cla zu Hause. Seine Treffen mit den Museumsleuten, wegen denen man ihn aus den Ferien geholt hatte, fanden kaum so früh am Morgen statt.

Der Zug hielt. Und hielt in Bakırköy, Yenimahalle, Zeytinburnu, Kazlıçeşme. Gleich wäre er da. Yenikapı. Der Zug fuhr wieder an. Es waren kaum mehr zwei Minuten.

Und dann schrie jemand, wie ein Zug schreit, ein langes quietschendes Schreien.

Es folgten mehrere Schreie. Der Zug schwankte leise. Menschen sprangen von ihren Sitzen auf. Liefen zueinander. Zwei Frauen hielten sich eng umschlungen fest, als wollten sie tanzen. Ein alter Mann war ausgerutscht und lag nun gekrümmt auf dem Boden. Zwei jüngere Männer versuchten, ihm aufzuhelfen. Sie schafften es, ihn auf einen der Sitze zu heben. Er begann zu weinen und sich das Gesicht mit einem Taschentuch abzuwischen. Baran sah, daß es ein dunkelkariertes Taschentuch war, es hatte Bügelfalten.

Ein Taschentuch mit Bügelfalten, dachte er, bist du verrückt, daß du das jetzt siehst.

Ein neues Rütteln erschütterte den Zug. Doch der Zug erreichte den Bahnhof von Sirkeci und fuhr in das Bahnhofsgebäude ein.

Es mußte gerade geschehen sein. Ein Erdbeben dauert Sekunden. Die automatischen Türen öffneten sich. Und während er seinen Koffer packte, den Mantel, und gerade aussteigen wollte, da ging es weiter. Oder es begann erst recht.

Der Zug schwankte. Baran sprang auf den Bahnsteig, vor ihm brach der Boden auf, er rettete sich zur Seite und sah, wie der Spalt wuchs mit der Geschwindigkeit einer Zündschnur. Und nun bogen sich die Gleise wie Haarnadeln. Und der Zug, in dem er gerade noch saß, dröhnte und kippte langsam. Und er sah den alten Mann, wie er nun dalag unter bunten Metallbrocken. Um seinen Kopf bildete sich eine Aureole von Blut. Sein Arm war abgestreckt und in der Hand hielt er sein Taschentuch, als habe er noch einmal winken wollen.

Und ein Schwarm aus Schreien flog auf und kam zurück, drehte sich, drehte. Auf den Bahnsteigen liefen Menschen hin und her, als suchten sie den Grund ihres Rennens. Eine weiße Katze zischte über die Gleise, wie bereit, sich ins Meer zu stürzen. Baran flüchtete unter den Stahlträger eines Durchgangs. Eine Frau im Tschador, ein schreiendes Mädchen mit rosa Schleife im Haar, tauchten neben ihm auf.

Die Rolltreppen waren stehengeblieben. Etwas krachte donnernd von Ferne, Risse zogen durch die Wand, neben der sie standen. Die Kacheln mit dem Delphinmuster sprangen. Wie eine Brotkruste öffnete sich der Boden und öffnete sich in neuen Brüchen.

Dann schien das Beben nachzulassen. Doch nun entwickelte sich Rauch. Er mußte hier raus. Er nickte der Frau auffordernd zu, aber sie starrte nur zurück. Und ihr Kind umklammerte ein graues Stofftier am Hals. Und er sagte: Kommen

Sie! Aber sie starrte nur, und das Kind sah ihn an wie durch ihn hindurch. Da begann er zu rennen.

Er rannte zu den Reihen der stehenden Rolltreppen. Er nahm die Stufen hinauf, er rannte durch Flure, an Rissen entlang, an Kratern vorbei. Er roch Gerüche, die er nie gerochen hatte, Verkohltes, Schmieriges, Kalkiges, Blutiges, Bitteres, er roch nicht identifizierbare Chemikalien. Er roch die vergangene Süße einer Bäckerei. Neben ihm stürzte eine Neonröhre zu Boden, er spürte das Glas an seinem Arm, aber es verletzte ihn nicht. Er rannte. Neben ihm, vor ihm, hinter ihm rannten andere. Und plötzlich fiel das Licht aus. Und schon wurde er Teil einer irritierten Masse, die stockte. Doch da gingen die ersten Handys an. Und er sah Fragmente von Mänteln, Armen, Köpfen. Er war in einem Schwarm von Glühwürmchen, der sich wieder aufmachte, beschleunigte.

Gleich hatte er es geschafft, er sah schon das Offene, das Freie, dort war der Vorplatz. Er rannte. Er rannte an einem brennenden Taxi vorbei. Am Boden lagen Verletzte, Männer brachten Eimer mit Sand, andere, in den roten Jacken des Katastrophenschutzes unter gelben Helmen, kamen mit Erste-Hilfe-Koffern, mit Decken. Hinter einer Häuserreihe, die intakt schien, bis auf die Risse an den Fenstern und den abblätternden hellblauen Putz, quollen Pilze von Staub und Rauchschwaden hervor, als sollte hier ein Wald wachsen für ein Bühnenbild. Baran rannte weiter. Kleine grüne Papageien umkreisten ihn und flogen zurück auf die Bäume des Parks vor dem Bahnhofsareal, die umgestürzt waren. Und nun regnete ein Kaki-Baum seine Früchte. Menschen standen regungslos da und sahen in den Himmel.

Er lief weiter Richtung Meer. Seine Lunge brannte, doch er lief weiter, er wollte zu den Sirkeci-Anlegestellen der Fähren.

Die Wasser schienen zu kochen; in einem Aufruhr übersprudelten sich Marmarameer, Goldenes Horn und Bosporus.

Die Galata-Brücke hatte eine ungekannte Krümmung, und über Beyoğlu lief nun eine Welle von zusammenbrechenden Gebäuden, als seien sie Dominosteine. Minarette knickten ein. Baran dachte nicht, jemals so ein Getöse gehört zu haben aus Gestein und Kreatur. Unerhörte Echos jagten sich.

Auf dem Bosporus züngelte es; ein Tanker war durch eine Tsunami-Welle an das Ufer der asiatischen Seite gehoben worden. Er brannte, umgeben von öligen Lichtblüten, die ihn umschwammen. Ein Containerschiff lag seltsam quer zur Strömung. Kleinere Schiffe hüpften wie zum Springen geworfene flache Steine. Der Mädchenturm war gekippt und ragte nun schief aus dem Wasser, als wolle er für eine artistische Figur bewundert werden.

Auf den Hügeln Asiens zuckten Flammen durch Nebelwände von Staub. Und nun begannen dort die Sirenen und verfolgten die Feuer durch das anatolische Land.

Dort drüben war Cla.

Ein Schwert durchfuhr ihn. Er rannte weiter. Die Autos blokkierten sich wechselseitig. Alle Ampeln standen auf Rot. Er schlängelte sich durch die Karosserien, durch das Hupen und Schreien. Er trat an Menschen vorbei, zu denen er sich hätte bücken müssen. Er hörte noch, daß pausenlos eine SMS nach der anderen eintraf. Es waren irgendwelche staatliche Organisationen. Erdbebenhilfen. Was sollte jetzt eine SMS? Und dann war das Handy tot. Über der Stadt hatten Hubschrauber zu fliegen begonnen.

Er mußte hinüber, nach Moda.

Er war nicht der Einzige, der die Idee mit den Schiffen hatte. Am Ufer rannten Menschen durcheinander, diskutierten. Schrien. Hielten die Hände vor die Augen. Packten einander an den Schultern, als ob sie ein Begreifen, eine Hilfe aus sich herausschutteln könnten.

Die Wellen auf dem Wasser waren hoch, aber nicht bedrohlich. Rettungsboote begannen zu fahren, sie kämpften sich schaukelnd vorwärts.

Er lief zu einer Reihe von Männern in Katastrophenschutzkleidung, die Sandsäcke aus einem Schiff abluden. Er sagte, er müsse auf die asiatische Seite, ob sie hinüberführen, ihn mitnehmen könnten? Sie lachten auf. Ob er keine anderen Probleme hätte. Mein Freund, sagte er, ist drüben, ich muß zu ihm. Die Männer arbeiteten weiter, Sack für Sack für Sack, als sei er gar nicht da. Was war ein Freund in Moda gegen geplatzte Gasleitungen, Überschwemmungen, Feuerspuren, die sich durch die Viertel weiterfraßen, gegen Verletzte, Schwerverwundete, Leichen und Trauernde, kurz vor dem Wahnsinn.

Er war zu langsam. Alles ging zu langsam. Er sah sich um. Immerhin hatte das Beben aufgehört. Oder würde es wieder beginnen? Da sah er einen Mann, einen Fischer, der vor seinem Boot hockte. Das Boot hatte einen Außenbordmotor. Er lief auf ihn zu. Ich muß da rüber, bitte, sagte er.

Der Mann blieb ruhig sitzen und sah an ihm hoch.

– Bitte!

1999, sagte er und wendete den Kopf gegen das Wasser, ich war schon 1999 dabei. Es war eine Sommernacht, gegen Morgen. Es war am 17. August. Warum überlebe immer ich. Er sah ihn wieder an. Und Baran erschrak über seinen stechenden Blick.

– Meine Frau wurde sofort erschlagen in unserem Schlafzimmer, von der einbrechenden Decke, ihr Gesicht war fort. Da lag nur noch ihr Haar. Mein Sohn starb nach drei Tagen in der Klinik. Ich sehe seine offenen Augen auf dem schmutzigen Kopfkissen. Jede Nacht kommt er zurück. Ich schrecke auf, und dann liegt er neben mir. Jede Nacht sagt er: Papa, mir ist kalt. Er sagt: Ich habe Angst, Papa. Papa hilf mir. Und ich versage, jede Nacht. Ich schlafe nicht mehr. Seit dieser Augustnacht schlafe ich nicht mehr. Warum ich? Warum überlebe immer ich?

Bitte, sagte Baran. Bitte.

Der Mann stand auf. Ich habe auf dich gewartet, mein Freund, sagte er. Ich habe auf einen gewartet, der mich braucht.

Er ging, um das Boot klarzumachen. Baran sah, wie mager er war, seine Kleidung hing an ihm herunter, verwaschen, abgetragen. Und er sah, daß er vergilbte Gummischlappen trug.

Er wollte ihm Geld geben, aber der Fischer lehnte die Euro-Scheine, die er linkisch aus der Hosentasche zog, ab. Wie eine Zumutung.

Dann waren sie auf dem Wasser. Die Wellen schlugen hoch, aber das Boot kämpfte sich durch sie hindurch. Der Fischer hatte eine sichere Hand und den Mut eines Menschen, dem auf Erden nichts mehr geschehen kann.

Baran hatte sich, wie es der Fischer befahl, auf den Lattenrost am Boden des Boots gehockt. Über sich sah er Gischt, Wellen. Er roch das Salz, seine Lunge brannte. Und immer, wenn ihn das Spritzwasser ins Gesicht schlug, fürchtete er, daß sie das Ufer von Moda nie erreichen würden. Doch sie kamen an.

Baran wischte sich das Wasser aus dem Gesicht, das sich jetzt mit Tränen mischte. Der Fischer behielt eine reglose Miene. Baran umarmte den steif dastehenden Mann.

Er stieg über die Ufersteine, das Wasser schlug an seine Beine, an seine Knie, die Böschung hinauf zu einer Straße. Er sah die dampfenden Ruinen, das struppige Gebälk geborstener

Dachstühle und Frauen, die über das, was nicht mehr da war, kletterten wie Ziegen. Die Luft war ein Wimmern, ein Heulen von Sirenen, war Staub und Qualm; es stank.

Er zog sein Hemd aus und band es sich vor Nase und Mund. Er stieg über eine tote Katze, die ihr Pfötchen hob, als habe sie sich gerade noch putzen wollen. Daneben lag eine Frau, die offenen Augen zur Seite gerichtet wie aus Scham. Er hörte die Schreie und er hörte sie nicht. Er hatte ein Ziel, das ihn betäubte: Cla. Er rannte, stieg über Hindernisse, die er nicht erkannte, kämpfte sich weiter voran.

Die Eingangstür war halb eingebrochen. Er bückte sich hindurch. Im Treppenhaus stand ein Dunst aus Staub und Gasen. Ein Kind weinte, das mußte Pino sein, der Sohn der Bäkkerin im Souterrain; und er hörte das Stöhnen einer Frau, das war die Witwe Eugenie, die Pelargonien auf der Fensterbank zog und mit den Blättern ihr Gelee aromatisierte. Er tastete sich weiter. Als er an das Treppengeländer griff, gab es nach, brach ab und hing herunter. Er geriet aus dem Gleichgewicht, konnte sich aber fangen. Nun stieg er frei, Stufe für Stufe. Er hörte, wie Mauern im Nebengebäude stürzten. Die Treppenstufen zitterten, aber sie hielten. Durch die Stiegenfenster sah er Feuer. Er war nicht mehr in der Lage zu denken. Er war Instinkt.

Er wußte nicht, wie er an die Wohnungstür kam. Er hustete, seine Lunge war ein Feuer. Er versuchte, die Tür zu öffnen, aber sie war verschlossen. Cla schloß manchmal ab, wenn er alleine war. Warum er das tat, hatte er nie verstanden. Oder war er nicht da?

Er stellte den Koffer ab. Und auf einmal wunderte er sich, daß er ihn noch bei sich hatte, wie ein Glied, das zu ihm gehörte. Er griff an die Schnappschlösser: beide auf einmal anfassen, nach außen drücken. Die Zähne flogen ihm entgegen. Er klappte den Koffer auf. Wühlte neben dem Manuskript, unter seiner Wäsche. Er fand den Schlüsselbund, an dem sein Wohnungsschlüssel hing, der Schlüssel des Theaters in Cihangir, der Schlüssel der Familie in Bebek, bei der er manchmal die Kinder hütete, wenn das philippinische Kindermädchen frei hatte. Und auch noch der Schlüssel zu Alvas Wohnung. Er hatte vergessen, ihn zurückzugeben. Und sie hatte nicht danach gefragt.

Auf einmal kam ihm alles sinnlos vor. Was wollte er mit Schlüsseln zu Räumen, die jetzt nichts mehr galten. Was galt noch? Wenn Cla nicht mehr lebte.

Cla lebte. Cla würde leben.

Er brauchte mehrere Versuche, seine Finger gehorchten ihm nicht. Noch nie war er so langsam gewesen, so hilflos, so sehr zu spät. Das gebügelte Taschentuch des Mannes aus der Metro fiel ihm ein. Warum jetzt das Taschentuch? Das gerade Karo-Muster auf dem Taschentuch. Karo wie Papastratos-Zigaretten, Karo wie das Hemd des Onkels. Dunkles Karo, das roch wie Rasierwasser, heiß gebügelt von Ehefrauen, Müttern, Großmüttern.

Endlich griff der Schlüssel im Schloß. Er drehte ihn um. Er öffnete die Tür.

Er hörte nichts. Nur ein Pfeifen, ein seltsames Pfeifen, ein Surren. Es waren keine Vögel. War es Gas, das austrat? Er schnupperte in die Luft, roch aber nur Rauch, verbranntes Gummi, Mörtel, Betonstaub. Er ging wenige Schritte durch den Flur.

Cla, sagte er, Cla.

Cla, sag doch was, sagte er, Cla, sag doch was.

Es war still. Er wagte es nicht, in Clas Zimmer zu gehen. Er setzte Schritt für Schritt voran in die Küche. Cla?

Eine fremde Katze saß neben dem Kühlschrank. Als sie ihn sah, miaute sie. Das Fenster war zersprungen. Die Katze sah ihn an und sagte: Ich bin eine Schiffskatze. Meine Freunde sind die Krokodile, ich spreche auch Ägyptisch-Koptisch.

Er war also dabei, verrückt zu werden. Er setzte Schritt hinter Schritt, die Katze fixierend, als könne sie ihn anfallen. So entfernte er sich, ging aus der Küche hinaus.

Dann stand er vor Clas Tür. Er klopfte, er öffnete sie vorsichtig.

Und da sah er ihn.

Cla lag schräg unter dem Schreibtisch, den Oberkörper leicht an der inneren Schreibtischwand aufgestützt. Aber ein Teil der Außenwand seines Zimmers, da, wo das Fenster war, fehlte.

Und das, was fehlte, der Bröselbeton, die Steine, das Glas lag im Zimmer, auf Clas Hüfte, auf Clas Bein, das er schräg, als gehöre es nicht zu ihm, unter dem Schreibtisch hervorstreckte.

Cla hatte die Augen geschlossen. Er ging zu ihm. Er kniete sich zu ihm. Seine Stirn war kühl, aber nicht kalt. Und Cla rührte sich nicht. Da sah er, daß er an der Schläfe blutete. Er riß sich das Hemd von Nase und Mund und beugte sich über Cla. Er versuchte, das Blut abzutupfen, es war angetrocknet.

Mit zwei Fingern fühlte er Clas Pulsschlag am Hals. Er war schwach, aber er war da. Und da ließ Baran seinen Kopf sinken auf Clas Schlüsselbein. Er roch ihn. Er atmete, er versuchte, für zwei zu atmen. Er sog Clas Geruch ein und atmete ihn aus. Als könne er ihn ins Leben zurückatmen.

Komm, sagte er. Komm. Und nach einer Weile spürte er, daß Cla sich rührte, daß er etwas sagen wollte. Er spürte seine Lippen an seinem Hals. Und dann hörte er es. Es kam stokkend, leise: Ich spüre nichts. Das Bein. Und Baran hob seinen Kopf von Clas Schulter und sah ihn an. Aber Cla hatte die Augen geschlossen.

Und die Sekunden öffneten sich zu Lagunen einer zeitlosen Zeit und Baran spürte, wie sich in ihm zwei Kontinentalplatten aneinander rieben. Wie Schmerz und Hoffnung, Glück und Qual. Wie wenn man liebt und liebt.

Eine Möwe flog kreischend vorbei. Eine zweite kam und landete mit einem kleinen Hopser auf dem Rest der herausgebrochenen Wand. Ihr Schnabel war gelb, als hätte sie ihn in das Wachsmalbild einer Kindersonne getaucht. Dahinter der Himmel.

Und das Meer. Der plane Spiegel des morgendlichen Meeres, ein Zittern in prismatischen Splittern.

Ein Abschnitt der Theodosianischen Befestigungsanlage kam vorbei. Es war wie ein Wink aus Byzanz. Konnte es ein schöneres Ankommen geben in Istanbul? Eine Fahrt am Ufer des Marmarameers entlang, begrüßt von dieser Mauer, in diesem frühen Granatapfellicht.

Er setzte sich aufrecht, streckte die Schultern durch. Sah hin und her. Er mußte tatsächlich kurz eingeschlafen sein. Kein Wunder nach so einer Nacht im Zug. Der junge Mann mit dem Handy war verschwunden. Er war nun allein.

Ein Tunnel. Ein Tunnel, der nicht aufhörte. Sie mußten gleich da sein. Er sah auf die Uhr. Der Zug schwankte. War ihm taumelig? Er war wohl noch nicht ganz wach. Nun hörte er entfernte Stimmen im Waggon. Ein Mann krächzte wie ein Papagei. Eine Frau schrie auf. Und gleich eine zweite. Der Zug rüttelte. Sie mußten jetzt schon auf der Gleisanlage im Bahnhof Sirkeci eingefahren sein. Es roch nach Ozon. Es war wie elektrisch. Der Zug krachte hin und her. Alles wurde schief. Er sprang auf. Ein Erdbeben dauert wenige Sekunden. Es mußte eben geschehen sein. Hatte er gerade ein Nachbeben gespürt?

Mit einem Ton, wie wenn Metall reißt, kam der Zug zum Stehen. Baran griff nach seinem Koffer. Die automatischen Türen standen offen, und er war gerade dabei auszusteigen, als das große Beben begann.

Dank

In dieses Buch sind viele Gespräche, Reisen und Lektüren eingegangen. Ich danke der Kulturakademie Tarabya und dem Goethe-Institut Istanbul, die meine Arbeit in jeder Weise großzügig unterstützten.

Ich danke allen, die sich für diese Zugfahrt durch den Balkan interessierten und mir damit Mut gaben.

Namentlich möchte ich Marianne Lüthi, Haldenstein bei Chur, danken, die mit mir im Oktober 2021 im Auto von Zagreb nach Istanbul an den Gleisen entlanggefahren ist und Bahnhöfe gesucht und photographiert hat. Ohne sie hätte ich auch das Hotel Happy im serbischen Dimitrovgrad an der Grenze zu Bulgarien nicht kennengelernt.

Ich danke den Brüdern Thomas und Martin Grüebler, die in früheren Jahren verschiedentlich mit dem Zug nach Istanbul gefahren sind, aber auch bis an den Van-See oder nach Teheran. Ihre Erzählungen haben meinen Blick auf Züge geschärft.

Ich danke Ursula Meienberg, Hedingen bei Zürich, die im Sommer 2019 unerschrocken mit mir die Küste Kroatiens von Zadar nach Dubrovnik geradelt ist; da sich hier die EuroVelo 8 als Fiktion erwies, meist auf der Nationalstraße. Während einer Ägyptenreise im Frühjahr 2022 hat sie mir ihr Kairo gezeigt, mich auf den Spuren Konstantinos Kavafis' in Alexandria begleitet und auf eine Dahabeya-Nilfahrt von Luxor nach Assuan mitgenommen.

Dank gebührt Josef Zens von der Presseabteilung des Deutschen GeoForschungsZentrums in Potsdam, der mir unkompliziert in Fragen zu Erdbeben weitergeholfen hat.

Und ich danke dem Erdbebenforscher Marco Bohnhoff, Potsdam, der zur Erdbebenregion Istanbul arbeitet und bereit war, mir in Telephonaten und Mails die detailliertesten Auskünfte zu geben.

Dagmar Smend, Göttingen, danke ich für ihre immer wunderbare Kritik, für ihr Zuhören und ihre großzügigen Aufmunterungen.

Karin Steinbach Tarnutzer, St. Gallen, Journalistin, Autorin und Alpinistin (in Geheimmission Angsttherapeutin), danke ich für ihre Anteilnahme an diesem Projekt. Ohne sie hätte ich nicht nur das Wort »Vorsteigermoral« nicht gelernt.

Seit frühen gemeinsamen Jahren in Thessaloniki begleitet mich Barbara Spengler-Axiopoulos, Heidelberg, als kluge Reisegefährtin und kritische Leserin meiner Texte, vor allem derjenigen, die sich mit griechischen Themen befassen. In diesem Roman speisen sich die Passagen zu Lord Byron und Ali Pascha aus ihrer Sendung »Wenige leben schneller als ich. Die Reisen des Lord Byron auf dem Balkan«, die sie für das Deutschlandradio Kultur geschrieben hat. Dafür sei ihr auch dieses Mal Dank!

Nursel Gülenaz, Istanbul, hat das Manuskript mit dem Blick der türkischen Historikerin gelesen. Ihr verdanke ich manche Korrektur: Teşekkürler sevgili Nursel!

Esther Krättli, Chur, hat mich oft nach Istanbul begleitet. Sie hat das Manuskript in den entscheidenden Phasen gelesen und mit mir darüber gesprochen. Ohne ihren Blick gäbe es manche Details nicht und sicher noch mehr Kraut & Rüben in den Schreibweisen: Grazcha per tuot, chara Esther!

Ich danke meinem Mann, Manfred Koch, dem seit 45 Jahren treuen Leser und Lektor meiner Texte. Alles, was ich schreibe, wäre schlechter ohne ihn.

Und ich danke Christof Bultmann, München, meinem Lektor im Luchterhand Verlag, für seine Aufmerksamkeit, seine Empathie, seine Geduld und seine immer inspirierenden Hinweise.

Aaron Benedikt Wolf, Berlin, konnte ich alles zu den schillernden Erscheinungsformen mannmännlicher Sexualität fragen. Er hat das Manuskript kritisch gelesen. Er gab mir Literaturhinweise und nahm mich mit an Orte, die ich ohne ihn nicht gefunden hätte. Ihm sei dieses Buch gewidmet.

Sent, Januar 2023

Sollte diese Publikation Links auf Webseiten Dritter enthalten, so übernehmen wir für deren Inhalte keine Haftung, da wir uns diese nicht zu eigen machen, sondern lediglich auf deren Stand zum Zeitpunkt der Erstveröffentlichung verweisen.

MIX
Papier | Fördert gute Waldnutzung
FSC® C014496

Penguin Random House Verlagsgruppe FSC N001967

1. Auflage

Neumarkter Straße 28, 81673 München
Karte: Astrid Fischer-Leitl
Satz: Buch-Werkstatt GmbH, Bad Aibling
Druck und Einband: GGP Media GmbH, Pößneck
Covergestaltung: buxdesign, München
unter Verwendung eines Motivs von Angelika Overath
Printed in Germany
ISBN 978-3-630-87634-4

http://www.luchterhand-literaturverlag.de/
www.facebook.com/luchterhandverlag